Dr. Bernd A. Weil

Der Mordbach

Ähnlichkeiten mit realen Personen sind nicht beabsichtigt, sondern der menschlichen Fantasie entsprungen.

Eines nur ist Glück hienieden,
Eins: des Innern stiller Frieden
Und die schuldbefreite Brust!
Und die Größe ist gefährlich,
Und der Ruhm ein leeres Spiel;
Was er gibt, sind nicht'ge Schatten,
Was er nimmt, es ist so viel!

Franz Grillparzer (1791-1872): Der Traum, ein Leben (1834)

Bernd A. Weil

Der Mordbach

Eine Novelle aus alten Zeiten
sowie weitere Erzählungen und Essays

Bibliografische Information der Deutschen Nationalbibliothek:

Die Deutsche Nationalbibliothek verzeichnet diese Publikation in der Deutschen Nationalbibliografie. Detaillierte bibliografische Daten sind im Internet über www.dnb.de abrufbar.

© 2016 Dr. Bernd A. Weil

Umschlaggestaltung, Satz und Layout:
Dr. Bernd A. Weil (Selters im Taunus)
Foto: Eisenbach (Dr. Bernd A. Weil)

Herstellung und Verlag:
BoD – Books on Demand, Norderstedt
ISBN 978-3-8334-9234-1

Inhalt

Der Mordbach

<u>Personen der Handlung</u>

Jakob ("Miller-Jaab")	Müller
Sophie	seine Frau
Johannes ("Hannes")	der einzige Sohn
Friedrich ("Frieder")	lustiger Einfalt
Ferdinand ("Ferdi")	Sophies Geliebter
Georg ("Schorsch")	Gendarm
Josef ("Schütze-Jupp")	Feldschütz
Käthe	alte Waschfrau
Anton	Bauer

Weitere Personen:

Dorfbewohner, Handwerksburschen, Waschfrauen, Bauern, Jäger, Förster, Treiber, der Graf des Gutshofes, eine Magd, der Pfarrer und seine Haushälterin, Bürgermeister, Schulrektor, Lehrer, der Männergesangverein, ein Hühnerdieb, der Schinderhannes und seine Bande, Wilderer, ein Totengräber sowie mehrere Wanderer

DER MORDBACH

Eine Novelle aus alten Zeiten

Die alte Mühle im Wiesengrund war in Millionen Teile zerborsten, so heftig war die Explosion angesichts des überproportionierten Sprengstoffs. Der Knall war noch in den mehrere Kilometer entfernten Nachbarorten zu hören, sodass sämtliche Haushunde ein lautes Gebell veranstalteten oder sich ängstlich verkrochen. Doch was hatte dieses Denkmal in der Landschaft, das seit Jahrhunderten hier stand so brutal dem Erdboden gleichgemacht?

Bis dato lag die alte Mühle eher unscheinbar und halb zerfallen angesichts ihres fortgeschrittenen Alters etwas verschlafen im Tal des Baches, der dem kleinen Dorf seinen Namen gegeben hatte. Hier schien der Weg zu Ende zu sein und verengte sich nur noch zu einem bei nassem Wetter schlüpfrig werdenden Trampelpfad.

Nicht viele Menschen fanden sich bei der alten Mühle ein, seit ein Gasthof entlang des Weges zum Dorf von einem passionierten Jäger eröffnet wurde, der eingebunden in die Natur leben wollte, seiner Familie gegenüber jedoch keineswegs so feinfühlig eingestellt war, wie man glauben sollte. Dem Jagdfanatiker rutschte schon mal die Hand gegen seine Frau und seine Kinder aus und auch gegen ungebetene Gäste legte er gelegentlich die Flinte an, wenn ihn der schwarz gebrannte Schnaps wieder einmal zum Choleriker werden ließ.

Die alte Mühle war das ärmliche aber traute Heim eines Paares, wie es unterschiedlicher nicht hätte sein können. Aber dennoch gingen die Beiden auf Geheiß ihrer Eltern den Weg zum Traualtar, getreu dem Motto: "Die Liebe kommt schon von allein." Und so schien es nach der Geburt des einzigen Sohnes auch zu sein.

Jakob, der bereits etwas betagte Müller, den man im Dorf-Jargon "Miller-Jaab" nannte, war tagsüber zu beschäftigt, um sich Gedanken über seine Familie oder das Leben an sich zu machen. Seine hübsche und zunehmend unternehmungslustige Frau Sophie war von ganz anderer Natur. Dass ihr nach so vielen Ehejahren nicht nur der Mann, sondern auch der kleine Hannes zu einem Klotz am Bein wurden, durfte sie weder sich noch der streng katholischen Umgebung eingestehen. Das wuchtige Gotteshaus war nicht nur das höchste Gebäude im Zentrum des Dorfes, sondern es drohte auch wie ein moralischer Zeigefinger den armen Sündern, die hier ihr Leben fristeten.

Viel zu lachen gab es in der alten Mühle nicht. Nur wenn der Frieder vorbeikam, der wegen seiner langen und tollpatschigen Schritte nur der "lange Frieder" genannt wurde, war selbst in der finsteren Mühle für kurze Zeit für Heiterkeit gesorgt. Der geistig zurückgebliebene, aber gerade wegen seiner Eigenheiten liebenswerte junge Mann war stets gut für einen Scherz. Dieses Mal kam er, um wieder einmal eines seiner selbst gedichteten Lieder zum Besten zu geben, ob man es hören wollte oder nicht.

> Ein Wilderer schläft in der Au,
> Der Kerl träumt von der Jägerei.
> Der Fuchs, der ist in seinem Bau,
> Der Oberförster eilt herbei
> Und trägt bei sich ein "Mords-Geweih"!

Frieder rief zum Schluss laut "Halali, Halali", so als wollte er die Zuhörer zu einer Zugabe bewegen. Doch obwohl dem nicht so war, ließ er sich von einem Dacapo nicht abhalten.

> Dem bösen Wolf, dem ist's ganz flau,
> Die Geißlein hauen wild drauf 'nei.
> Die Stimme ist vom Schreien rau,
> Dem Dichter war das einerlei!

Niemand im Dorf wusste, woher Frieder eigentlich kam. Frauen, die am Bach ihre Wäsche versorgten und zum Bleichen auf einer Wiese ausbreiteten, hörten einst nahe dem Wasser Babygeschrei und nahmen das kleine verschmutzte Bündel mit nach Hause. Der Pfarrer bat seine Haushälterin, sich aus christlicher Nächstenliebe um den Kleinen zu kümmern und taufte ihn auf den Namen Friedrich. Schnell machten Gerüchte die Runde, dass der Graf des ortsansässigen Gutshofes der Vater des Kindes sei, denn vor einiger Zeit hatte man eine seiner Mägde in einem Waldstück tot aufgefunden, die offensichtlich kurze Zeit zuvor in der Einsamkeit ein Kind entbunden hatte.

Solche und viele andere Geschichten dieser Art führten bei den Dorfbewohnern zu einer trauten Übereinkunft der Verschwiegenheit, um bloß nicht in Schwierigkeiten zu geraten. In ihrem Naturell fürchteten sich die Menschen hier vor jeder Veränderung, die ihr Leben ins Wanken bringen könnte. Neben der streng katholischen Erziehung hatte es vornehmlich damit zu tun, dass die bodenständigen Dorfbewohner buchstäblich nie über ihren Horizont hinausschauen konnten, denn kaum jemand war in seinem ganzen Leben über ein paar Nachbardörfer hinausgekommen. Für eine Reise fehlte den Menschen der damaligen Zeit sowohl der Grund als auch das Geld. Daher war man für jede noch so kleine Abwechslung dankbar.

Wenn nach starkem Regen der Wasserstand im Bachlauf anschwoll, bauten die Dorfkinder einen Damm, um in dem gestauten Wasser zu baden und herumzutollen. Ihr schlammiges "Bauwerk" nannten sie stolz "die Insel". Der mitunter cholerische Müller duldete dies nur unterhalb seiner Mühle, weil ihm sonst Wasser zum Antrieb seines Mühlrades gefehlt hätte. Insgeheim war es dem "Mühlen-Jaab" sogar ganz recht, beeinträchtigte die Konstruktion der Badekinder doch die etwas weiter unten gelegene, mit ihm konkurrierende zweite Mühle in ihrer Nutzleistung.

Der Badespaß wurde zu einem sommerlichen Anziehungspunkt für die gesamte Dorfjugend. Besonders Eifrige hatten schmale Stufen in die lehmige Uferböschung gegraben, damit man den Bachlauf leichter erreichen und ihm wieder entkommen konnte. Die pubertierenden Jugendlichen nutzten die Badespiele – bei denen ihre Eltern so gut wie nie zugegen waren – um erste unsichere Kontakte zum anderen Geschlecht zu knüpfen und noch unbeholfen zu erkunden.

Der wasserscheue Frieder zog es vor, das Wasser zu meiden, wollte aber gerne dabei sein, um als Ältester seine Späße zu machen. Er schaute aber gerne dort ins Wasser, wo es so seicht war, dass man die Steine am Grund des Bachlaufs erkennen konnte. Frieder hielt die Steine für Buchstaben, obwohl er gar nicht richtig lesen und schreiben konnte. Den Leuten, die ihn für verrückt hielten, sagte er, das Plätschern, Gurgeln und Rauschen des Baches seien die Wörter, die aus den Buchstaben am Boden entstünden.

Keiner verstand, was Frieder mit seinen Gedichten meinte, die er – untermalt durch eine wirre Melodie – auf seiner selbst gebastelten Haselnuss-Pfeife hervorbrachte. Vermutlich hatte er hier und da ein paar Wortfetzen aufgeschnappt und wie ein falsch zusammengesetztes Puzzle zu einem "Gedicht" neu geformt.

> Ein Mensch, der denkt, 's wär' Höflichkeit
> Und hält für and're 's Bad bereit,
> Der hat am Schluss den Schaden dann –:
> Beim Frühstück steht er hinten an.

Frieder besaß ein kleines Haustier, auf das er sehr stolz war und das er liebevoll beschützte. Es war ein Hamster, wie ihn damals viele Jungen als ihren tierischen Spielkameraden hielten. Er nannte den Nager "Flockie", weil dieser in seinem Käfig meistens mit einigen Flocken aus Holzspänen auf dem Rücken herumwuselte. Den größten Spaß hatte der listenreiche Frieder, wenn er einkaufen gehen sollte und dazu den Hamster in der linken Brusttasche seines Hemdes mit sich führte. Die Frauen in den Geschäften erschraken gehörig, hielten sie das putzige Tierchen doch für eine gefährliche Maus und ließen Frieder daher an der Einkaufstheke bereitwillig den Vortritt, was dieser von nun an zur Gewohnheit werden ließ.

Eines Tages brach ein kleines Feuer in der Mühle aus, das aber schnell wieder gelöscht werden konnte. Drei Jungs rauchten heimlich ihre erste Zigarre, die einer von ihnen vom Großvater stibitzt hatte. Es wurde den jungen Helden nicht nur fürchterlich schlecht davon, sondern sie waren bei der verbotenen Aktion auch noch derart ungeschickt, dass sie durch die nicht vollständig gelöschte Glut einen Brand verursachten. Einer der Buben wunderte sich, dass nicht der gefürchtete "Mühlen-Jaab" hinter ihnen herlief, sondern ein fremder Mann, dem sie allerdings leicht entkamen.

Im Dorf ereigneten sich gelegentlich kleine kuriose Begebenheiten. Als eine bettelnde Landstreicherin mit ihrem hungernden Kind vorbeikam, gab ihr ganz spontan aus christlicher Nächstenliebe eine alte verwitwete Bäuerin ein Stück Brot und zog einen ihrer Oberröcke aus, von denen damals vor allem die älteren Frauen mehrere übereinander trugen. Gerade, die Menschen, die selbst nicht viel besaßen, waren bereit, anderen zu geben.

Seit einigen Wochen bemerkten mehrere Dorfbewohner, dass immer häufiger, Eier und jetzt auch Hühner aus den Ställen gestohlen wurden. An einen Fuchs als Hühnerdieb glaubte schon lange niemand mehr. Dagegen war man einhellig der Meinung, es müsste sich um den gleichen Mann handeln, der seit Jahren immer wieder – mit einer Kapuze verkleidet – Äpfel klaute und junge Mädchen im Dunkeln erschreckte. Fassen konnte man ihn allerdings nicht.

Obwohl die Täler des "Goldenen Grundes" mit ihrem milden Klima zu den fruchtbarsten und ertragreichsten Böden zählten, waren damals fast alle arm und jeder musste sehen, wie er über die Runden kam. Für die Schönheit der Natur hatten die hart arbeitenden Menschen nur wenig Sinn. Um ihr Elend zeitweise vergessen zu können, tranken vor allem die Männer sehr viel hochprozentigen Schnaps, den sie selbst brannten. Auch den Tabak zogen sie selbst, der in der Scheune zum Trocknen aufgehängt wurde und deshalb "Scheuerbampel" genannt wurde. Der von diesem Tabak ausgehende Geruch war je nach "Güte" derart stechend, dass er sogar das Ungeziefer aus dem Haus vertrieb.

Jakob und Sophie konnten schon lange nicht mehr von den Erträgen ihrer Mühle leben. Deshalb verdiente sich der Müller einen

Extra-Lohn als Sprengmeister im nahegelegenen Steinbruch. Hier kam ihm seine frühere Ausbildung beim Militär zugute. Auf seine Kenntnisse im Umgang mit dem gefürchteten Dynamit konnte man sich stets verlassen. Der kleine Hannes war stolz auf seinen Vater. Die Schulkameraden und Freunde des Jungen bewunderten und fürchteten den Alten gleichermaßen.

In der Gemarkung des Dorfes gab es auch Bereiche, die man besser nicht aufsuchte. Eine solche Tabu-Zone begann bei einem halb zerfallenen weißen Tor vor dem Gutshof. Noch nie hatte sich ein Kind oder Jugendlicher bisher getraut, diese unsichtbare Linie zu überschreiten, zumal sich am Rande des weiteren Weges die spärlichen Überreste einer alten Burg befanden, die zahlreichen Spukgeschichten Nahrung gab.

Seit den Tagen des legendären "Schinderhannes", der eigentlich Johannes Bückler hieß und vermutlich aus Miehlen im westlichen Hintertaunus stammte, war es ruhig in der Umgebung geworden. Die ehemalige Höhle, die der sagenumwobene Räuberhauptmann einst als Versteck einrichtete, wurde nach dessen Festnahme auf einem wenige Kilometer entfernten Getreidefeld von einer Bande Wilderer genutzt. Hätte man die illegalen Jäger erwischt, so waren die amtlichen Jäger, der Förster wie auch der sogenannte Feldschütz strikt angewiesen, sofort von der Schusswaffe rücksichtslosen Gebrauch zu machen. Auch dazu hatte der lange Frieder seine eigenen Gedanken in einem Gedicht, das er häufig als Singsang vor sich her brabbelte, festgehalten.

> "Lieber ein Leben in Nöten
> Als weiter Tiere zu töten!"
> Sagte ein Jäger
> Nach dem zwölften Steinhäger.
> Nun geht ihm die Beute halt flöten!

Frieder war ein verrückter, aber liebenswerter Kerl. Immer wieder war er mit seinem "Moped" unterwegs, das heißt, er besaß weder ein Moped noch einen Führerschein, aber er verstand es wie kein anderer, sämtliche Geräusche eines solchen Gefährts täuschend echt zu imitieren. Ob beim Anlassen oder Gas geben, ob bei Fehlzündungen, beim Bremsen oder Abwürgen des Motors, Frieder konnte wie der Pantomime eine Luftgitarre alle Töne perfekt zum Besten geben. Angesprochen, ob er denn nicht müde werde, wenn er den ganzen Tag unterwegs sei und herumlief, antwortete das Schlitzohr, er hätte doch sein Moped dabei!

So gab es diverse Situationen, bei denen man nicht so recht wusste, wer da eigentlich wen auf den Arm nahm! Für die Einweihung des Kriegerdenkmals wurde das ganze Dorf feierlich geschmückt, unzählige Fahnen und Fähnchen wurden gehisst, die Glocken läuteten ohne Unterlass und die Menschen strömten in Massen zu dem feierlichen Festakt. Der Tag versprach schönes Wetter, denn man konnte bis zum Großen Feldberg sehen. Um ein besonderes Pathos für den feierlichen Akt zu erzeugen, sollte der Bürgermeister eine theatralische Rede halten, flankiert vom Pfarrer und dem Schulrektor, während im Hintergrund der Männergesangverein in regelmäßiger Abfolge ein sonores "Womm!" mit Crescendo und zunehmender Tonhöhe einflechten sollte. – Aber da gab es ja noch den "langen Frieder" mit seinen spaßigen Ideen!

Wenn nämlich das Dorf so festlich herausgeputzt war, konnte das für Frieder nur zwei Ursachen haben: Entweder es war Fastnacht oder es war Kirmes. Frieder entschied sich für die "Fassenacht". – Während die feierliche Zeremonie wie ein heiliges Ritual anlief, näherte sich Frieder – von den verklärten Dorfbewohnern völlig unbemerkt – aus der Straße oberhalb des Denkmals der Gedenkstätte. Dank seines natürlichen musikalischen Empfindens gelang es Frieder, immer, wenn der Gesangverein sein "Womm" anschwellen ließ, im richtigen Moment und in der korrekten Tonhöhe ein überlautes "Helau!" herauszuschreien – zum Entsetzen der Festversammelten. Dies wiederholte sich mehrmals, da man anfangs glaubte, der Frieder würde jetzt Ruhe geben. Weit gefehlt! Die zunehmend hektischen Gesten und Reaktionen der Anwesenden animierte Frieder zu Höchstleistungen. Man versuchte ihn einzufangen, was wegen der höher gelegenen Straße nicht so einfach möglich war. Bis man Frieder endlich vertreiben konnte, war die ganze Sache verdorben und man ging frustriert in eines der vielen Wirtshäuser, um sich den Ärger mit viel Bier und Schnaps runterzuspülen und das ganze Vorkommnis noch einmal strategisch zu kommentieren und gründlich zu analysieren.

Frieder hatte offensichtlich noch nicht genug, denn er lief in den Hausflur der beliebtesten Kneipe nahe dem Kriegerdenkmal und brüllte in wirren Tönen:

> Die Tabaksbrise nimmt der Seefahrtsinvalid',
> Um aufzureizen sich die tiefsten Nasenecken;
> Er greift sich vom Regal die Flasche Aquavit
> Und singt so falsch, als wollt' er Tote wecken.

Das streng katholische Dorf konnte dem "Übeltäter" nicht lange böse sein und vergab ihm seine Streiche immer wieder. So hatte man in der sonst recht trostlosen Zeit doch immer wieder mal etwas zu lachen. Außerdem half Frieder gerne jedem bei der Erledigung kleinerer und größerer Aufgaben. Wenn er für eine Hausfrau einkaufen ging, dann wünschte er sich als Lohn nichts sehnlicher als einen Groschen, denn damit konnte er aus dem Kaugummi-Automaten eine Süßigkeit und vor allem auch ein glitzerndes kleines Spielzeug herausholen. Frieders zweite Leidenschaft waren Hunde, die er bereitwillig für jedermann ausführte, auch ganz ohne Lohn. Den kleinen Hündchen trug er gerne seinen neuesten Limerick vor:

> Ein Welpenhändler aus Dorsten,
> Der züchtete Hunde mit Borsten.
> Die waren recht schön,
> Das konnte man seh'n,
> Doch mochten sie nicht unsren Torsten.

Eines Tages kam der Müller Jakob etwas früher von seiner Arbeit im Steinbruch nach Hause, weil er einem befreundeten Bauer versprochen hatte, dessen Getreide noch zu malen. Er hatte das Gefühl, als wenn außer seiner Frau eine weitere Person in der Mühle war, aber Sophie konnte ihn beruhigen und schob die Geräusche auf das Knarren im Gebälk des alten Gemäuers. Der zehnjährige Hannes half noch bei der Heuernte, was ihm besonderen Spaß machte, durfte er doch am Schluss ganz oben auf dem Wagen mitfahren.

Manchmal machte ein Bauer eine kurze Rast in der Mühle nach getaner Arbeit, bevor er seine Feldfrüchte in seine Scheune brachte. Hannes hatte stets seine größte Freude, wenn er auf dem hoch beladenen Fuhrwerk mitfahren durfte. Dafür gab Sophie dem Bauer das nächste Mal gerne ein Glas des selbst gebrannten Mühlen-Schnapses.

Jakob war 44 Jahre alt, sah aber – wie die meisten Menschen dieser Zeit – deutlich älter aus, denn die Arbeit in der Mühle und als Sprengmeister im Steinbruch über zehn Stunden am Tag und sechs Tage in der Woche zehrten am Körper. Sophie zählte erst 36 Lenze und hatte mit ihrem Leben noch etwas vor. Mann, Mühle und Kind, das konnte nicht alles gewesen sein!

Zwei Jahre zuvor suchte Sophie auf dem Nachhauseweg während eines fürchterlichen Gewittersturms Schutz in einer Holzhütte im Wald. Sie erschrak, als sich darin bereits ein Mann aus dem Nachbarort befand, den sie nicht sofort bemerkt hatte. Man erkannte sich, man plauderte, der Schrecken verflog und es entstand ein Gefühl der Vertrautheit, das Sophie in der tristen Einsamkeit ihrer Ehe gar nicht mehr kannte. Spontan lud sie den Wanderer ein, bei nächster Gelegenheit einmal in der Mühle vorbeizuschauen, ohne so recht zu wissen, warum sie das tat.

Ferdinand – so der Name des Bekannten – ließ nicht lange auf sich warten und kehrte tatsächlich wenige Tage später in der Mühle ein, wie es manchmal Wandersleute taten, um sich gegen kleines Geld ein wenig zu erfrischen. Der Müller war wieder einmal im Steinbruch und der kleine Hannes beim Spielen und daher wusste Sophie zunächst nicht, wie sie mit dieser ungewohnten Situation umgehen sollte. Sie bot Ferdinand, der sie beim Gewitter beschützt und getröstet hatte, etwas zu trinken an, war durch ihre Nervosität jedoch so ungeschickt, dass sie das meiste verschüttete.

Unerwartet kamen sich die Beiden näher. Ferdinand war ungeübt im Umgang mit Frauen und wusste nicht so recht, wie er ein Gespräch beginnen sollte. Noch ehe er sich versah, hatte Sophie die Initiative ergriffen. Ferdi – wie sie ihn fortan nannte – kam nun des Öfteren, wenn der Müller im Steinbruch zu tun hatte und Hannes in der Schule war. Als Erkennungszeichen hängte Sophie ein weißes Bettlaken aus dem Fester, scheinbar um es zu lüften.

Einmal wäre das heimliche Stelldichein der beiden Liebenden beinahe aufgeflogen, als zwei Handwerksburschen unversehens vorbeikamen und für ein paar Tage um Kost und Logis baten. Die verdutzte Müllerin stammelte etwas daher wie, sie müssten noch mal ..., sollten sie doch später ..., also wenn ihr Mann wieder da wäre ...

Als der ahnungslose Müller wieder nach Hause kam, gewährte er den am Ufer des Baches wartenden jungen Burschen das Quartier bereitwillig für eine Woche. Sie sollten sich die Kosten dafür abarbeiten, denn der Hausherr konnte schon lange nicht mehr alle Arbeiten und Instandsetzungen alleine bewerkstelligen.

So wurden endlich das schadhafte Mühlrad und auch das undichte Dach der Mühle repariert, das Schuld daran war, dass bei Starkregen ein Teil des Mehles feucht und unbrauchbar wurde, was die Einnahmen merklich verringerte.

Im streng katholischen Dorf gingen inzwischen Gerüchte um, die schöne Müllerin habe einen heimlichen Verehrer. Wer der Urheber dieser Tratschereien war, ist bis heute ungeklärt und man hütete sich, es dem mitunter jähzornigen und cholerischen "Mühlen-Jaab" zuzutragen. Die manchmal verstockte Art der Dorfbewohner war ein Relikt aus alten Tagen, als noch die feudale Obrigkeit die Hand über allem und das Sagen hatte, gestützt von der allmächtigen katholischen Kirche und ihren stets schwarz gekleideten Würdenträgern.

Die armen Dorfbewohner erinnerten sich noch allzu gut an den herzlosen Grafen, an einen angeblichen Spukgeist, der des Nachts auf dem Friedhof sein Unwesen getrieben haben soll und an die angeblich brennenden Schwäne, die einst einen verheerenden Großbrand der mit Stroh gedeckten Häuser verursacht hätten.

Die Kinder waren unterwürfig erzogen und durften weder die väterlichen noch die kirchlichen Gebote missachten oder auch nur infrage stellen. Um sie demütig zu halten, mussten sie nicht nur jeden Samstagmittag zur Beichte und jeden Sonntagmorgen zum Gottesdienst gehen, sondern sie mussten sich beim Passieren des Holzkreuzes unter dem Hintereingang des Gotteshauses unbedingt bekreuzigen. Wer dies vergaß oder absichtlich ignorierte, würde für immer elend in der Hölle schmoren. Gelegentlich konnte man ein im Spiel vertieftes Kind dabei beobachten, wie es nachträglich verschämt noch schnell das vergessene Kreuzzeichen nachholte.

Die romantisch anmutende Lage des kleinen beschaulichen Dorfes in einer lang gestreckten Senke des "Goldenen Grundes" und eingerahmt von schattigen Taunuswäldern stand in völligem Kontrast zum kargen Leben seiner Bewohner. Für Recht und Ordnung sorgten der Gendarm Georg und der Feldschütz Josef, von allen nur Gendarm "Schorsch" und "Schütze-Jupp" gerufen. So wäre das Leben noch viele Jahre in dumpfer Eintönigkeit dahin gegangen, hätte es nicht einen unscheinbaren Vorfall mit schwerwiegenden Folgen gegeben.

Eines sonnigen Tages kam die alte Käthe zum Mühlbach, um wie gewöhnlich ihre Wäsche zu waschen und zu bleichen. Von der Mühle drangen merkwürdige Laute zu ihr herüber. Ihrer weithin bekannten Neugierde verpflichtet, versuchte sie, die Quelle der Geräusche zu erkunden. Was sie da aber in der Mühle zu sehen bekam, verschlug ihr den Atem und ließ sie Hals über Kopf fliehen, was den auf den umliegenden Feldern arbeitenden Bauern auffiel.

So wurde das verwerfliche Liebespaar im Dorf schon bald zum Ta-gesgespräch. Der häufig betrunkene Anton hatte nichts Besseres zu tun, als es bei einem Streit mit dem "Mühlen-Jaab" um den seiner Meinung nach zu hohen Mehlpreis diesem an den Kopf zu werfen. Er sollte sich nicht so aufspielen, sondern sich erst einmal um die ihm aufgesetzten Hörner kümmern!

Jakob versuchte, zum ersten Mal in seinem Leben Haltung zu be-wahren. Innerlich aber brodelte und kochte es in ihm. Volltrunken kam er nach Hause, brabbelte nur noch etwas Unverständliches vor sich hin wie "das zahlt sich heim" und fiel wie ohnmächtig in sein Bett und schlief wie ein Toter.

Als Jakob am nächsten Tag viel zu spät wach wurde, hatte er nicht nur mit einem mächtigen Kater zu kämpfen, sondern versuchte krampfhaft, seine Erinnerungen an den gestrigen Abend wieder zu-sammenzusetzen. Seine Welt brach zusammen. Nicht dass er seine Frau besonders geliebt hätte, aber ihr niederträchtiges Verhalten zerstörte seine angestammte Weltordnung völlig. Mehr noch als die äußere Scham den Dorfbewohnern gegenüber belastete Jakob sei-ne innere Wunde, die ihn wie ein Krebs aufzufressen schien.

Sophie bekam von alledem nichts mit, obwohl ihr die Menschen beim Einkaufen immer merkwürdiger vorkamen. Sie schob es auf den Neid, den ihr schon früher die meisten Frauen wegen ihrer Rei-ze entgegenbrachten. So gab es für die hübsche Müllerin auch kei-ne Veranlassung, von ihrem Ferdinand abzulassen.

Der Müller aber, dem man nicht gerade die größte Intelligenz nach-sagen konnte, entwickelte einen ebenso kaltblütigen wie perfiden Plan. Das nächste Stelldichein sollte den beiden Turteltauben zum Verhängnis werden!

An einem schönen Sommertag, als Hannes wegen einer angekün-digten Strafarbeit länger in der Schule bleiben musste, sagte der Müller zu seiner Frau, er müsse heute im Steinbruch eine beson-ders schwierige Aufgabe lösen, weswegen es mit dem Feierabend später würde. Er verließ beschwingt pfeifend die Mühle, während Sophie das Bettlaken zum Fenster heraus hängte.

Ferdinand und Sophie fühlten sich sicher und vergasen in ihrem Liebesrausch alles um sich herum. Eine gewaltige Detonation schallte durch das Mühlental und ließ das morsche Gebäude in Millionen Teile zerbersten. Um keinerlei Spuren zu hinterlassen, versuchte Jakob in seiner Verzweiflung, die Ruine noch anzuzünden, was ihm jedoch wegen des vielen Staubes nur ansatzweise gelang.

Wut, Eifersucht und Jähzorn ließen den Müller wie rasend die Flucht ergreifen, aber alle wussten sofort, was hier geschehen war. Jakob hatte als Sprengmeister im Steinbruch seit Wochen immer kleine Mengen Dynamit beiseitegeschafft, um seine Mordtat vorzubereiten. Er brauchte nicht einmal besonders vorsichtig zu sein, so vertieft waren die beiden Turteltäubchen in ihr Liebesspiel.

Jupp, der Feldschütz, hatte den wie vom Teufel besessenen Müller durch die Wiesen und Felder stürzen sehen und dem Gendarm Georg unverzüglich Meldung darüber gemacht.

Schnell hatte man Jakob mithilfe der Jäger und Treiber eingekreist und schließlich gestellt. Obwohl er noch immer wie von Sinnen war und sein Gesicht eher einer verzerrten Fratze glich, ergab er sich ohne jeden Widerstand und wurde in Handeisen abgeführt. Die Kinder spotteten ihm nach, aber die Erwachsenen hatten ausnahmslos Mitleid mit dem armen Menschen, dessen Leben jetzt verwirkt war.

Man brachte den "Mühlen-Jaab" in das Gefängnis unterhalb der alten Schule, das schon lange nicht mehr verwendet worden war und im Volksmund "Bollesje" hieß. Es war nur ein einzelner Raum mit zolldicken Gitterstäben, den man von außen einsehen konnte. So war es durchaus möglich, sich mit dem Gefangenen zu unterhalten, was zugleich eine Kontrolle seines Gesundheitszustandes bedeutete.

Der arme Hannes war zunächst bei frommen Leuten des Dorfes untergebracht worden, da die Kirche für die Kosten aufkam. Man wusste nicht so recht, wohin mit dem Jungen, denn direkte Angehörige waren nicht bekannt.

Hannes wurde zunehmend wunderlicher, sprach kaum etwas und mied seine Freunde. Am liebsten war er mit sich alleine oder führte sämtliche Hunde der Nachbarschaft stundenlang aus. Der Herr Pfarrer und die Lehrer in der Schule geizten nicht mit Prügeln für den Zögling, denn sie glaubten, ihm den Teufel herausprügeln zu müssen, damit er nicht genau so ein Verbrecher würde wie sein Vater und nicht so eine schamlose Person wie seine Mutter.

Eines Tages kam Hannes am Gefängnis seines Vaters eher zufällig vorbei, als dieser ihn ansprach. Der völlig verunsicherte Junge sollte ihm ein Messer besorgen, damit sein armer Vater das harte Brot schneiden und besser kauen könnte.

Ohne zu ahnen, was der Vater damit vorhatte, brachte der gehorsame Hannes ein scharfes Messer zu dem düsteren und kalten Gefängnis.

Es war ein schreckliches Bild, das sich den ersten Kirchgängern am nächsten Tag bot, als sie sahen, dass der "Mühlen-Jaab" die eigene Hand gegen sich gerichtet und sich die Pulsadern an beiden Händen durchtrennt hatte. Schaulustige waren schnell zur Stelle, ein Arzt war nicht mehr nötig.

Auf der Beerdigung sah man nur wenige Dorfbewohner, wollten sie doch von all den Missetaten und Verbrechen jetzt nichts mehr wissen. Es war, als fürchteten sie, vom Fluch dieser Familie selbst besudelt zu werden. Ganz hinten ging einsam und verlassen ein kleiner Junge, als man die sterblichen Überreste des Selbstmörders ohne kirchlichen Beistand außerhalb der Friedhofsmauern namenlos verscharrte.

Viele Jahre vergingen und Hannes wuchs in einem Pflegeheim heran. Schon als junger Mensch begann er, hemmungslos Bier und vor allem Schnaps zu konsumieren. Im Dorf machten sich seine Altersgenossen gerne einen Spaß und spendierten ihm mehrere Doppelte, sogenannte "Fuhrmänner", um ihn bei entsprechendem Alkoholpegel weinend und winselnd zu erleben.

Tag und Nacht wurde Hannes die Vorstellung nicht los, dass er im Grunde genommen der Mörder seines Vaters sei, weil er doch das tödliche Messer besorgt hatte. Keinem konnte er sich anvertrauen und keinen hätte es je interessiert.

So vergingen viele Jahre und Hannes blieb verstört und in sich gekehrt. Er hatte keine Freunde, heiratete nicht und war stets schwarz gekleidet. Sein einziger Trost war der Alkohol, der ihn für eine kurze Zeit das Geschehene vergessen ließ. Die Realität kehrte dann aber umso heftiger zurück.

An einem Sonntagmorgen – Hannes hatte inzwischen die Hälfte seines Lebens weit überschritten – ging er, wie so oft, nach dem Gottesdienst in das Wirtshaus, um wie gewöhnlich alleine an der Theke zu trinken. Als er soeben den Schankraum betrat, in dem schon viele andere fromme Kirchgänger saßen, hörte er nur, wie man auf den "Vatermörder" heftig schimpfte, wie man den "Vatermörder" zum Teufel wünschte und ähnliche Hasstiraden mehr.

Das war zu viel für ihn! Hannes stürzte davon, ohne dass ihm bewusst war, dass die Männer nicht ihn, sondern den hohen Stehkragen ihres Oberhemdes beklagten. In blinder Verzweiflung rannte Hannes den kurzen Weg nach Hause, ergriff den erst besten Strick und erhängte sich auf dem Dachboden.

Noch heute meiden Wanderer den schaurigen Ort am Mordbach, wo einstmals die alte Mühle stand. In mondlosen Nächten soll man hier noch das Mühlrad leise knarren hören. Dann ruft halblaut in der Ferne eine Frau den Namen "Ferdinand! - - - Ferdi!?"

Selters – Eisenbach im Taunus

(Foto: Dr. Bernd A. Weil)

DIE SCHWARZSEHER
– Eine Satire –

Die "Action-TV-Corporation" bietet Ihnen ein Live-Erlebnis besonderer Güte!

(Staccato-Musik)

Hier sitzen Sie nicht in der ersten Reihe, sondern Sie sind live dabei!

(Firmenlogo einblenden: Pietät SANSSOUCI)

Unter dem Motto "Das Ende kann ein neuer Anfang sein" – heute "Eine Oma im Koma" – präsentiert unser erfahrener Moderator Ernesto Morituri die Sendung "Dem Tod auf der Spur".

(Totale und Zoom: Elsbeth Maier)

Heute sind wir zu Gast an Oma Maiers Sterbebett im schönen Böblingen. – Frau Elsbeth Maier, geborene Schnabel, ist 82 Jahre alt und erstmals Kandidatin in unserer Erfolgsserie. Wir übertragen die letzten Stunden eines glücklichen und ausgefüllten Lebens live für Sie in 21 Länder. – Nehmen wir uns ein Beispiel am tapferen Durchhaltewillen von Frau Maier, wodurch diese Sendung erst ermöglicht worden ist! – (An dieser Stelle gilt auch unser besonderer Dank der Kunst der Ärzteschaft, die sich immer wieder selbstlos und unermüdlich in den Dienst der Menschen stellt.)

(Applaus)

Also: Bleiben Sie dran! Wir sehen uns gleich wieder.

(Werbeblock I: Unternehmensporträt der Firmengruppe Pietät SANSSOUCI)

Oma Maier, die unsere Nachbarin hätte sein können, gibt Ihnen, meine sehr verehrten Damen und Herren, die einzigartige Gelegenheit, einen unserer herrlichen Preise zu gewinnen.

(Applaus und Fanfarenklänge)

Diese Preise sind: erstens eine Super-Luxus-Reise für zwei Personen inklusive Taschengeld zum Ganges nach Indien, wo Sie unter anderem einer feierlichen Feuerbestattung der Hindus beiwohnen werden.

(Starker Beifall)

Zweiter Preis: ein Besuch des größten Krematoriums in Europa mit anschließender Vorführung aktueller Pietät-Moden.

3. bis 10. Preis: je eine originalgetreue Nachbildung des Kupferstichs "Ritter, Tod und Teufel" von Albrecht Dürer. – Damit, meine Damen und Herren, machen Sie Ihr trautes Heim erst so richtig wohnlich.

Die Preise wurden freundlicherweise zur Verfügung gestellt von der marktführenden Unternehmensgruppe "Pietät SANSSOUCI International" (PSI), die auch die exklusivsten Bestattungswünsche diskret erledigt. – Anruf genügt: Wir kommen gern!

(Stürmischer Beifall)

Die Bekanntgabe unsere Gewinnfrage erfolgt in wenigen Minuten. – Wir setzen auf Sie!

(Werbeblock II: telefonischer Bestellservice für Kondolenzkarten der Firmengruppe Pietät SANSSOUCI)

Wenn Sie einen unserer tollen Preise gewinnen möchten, rufen Sie uns jetzt an unter der Telefonnummer: 06483-7292. Wir wollen von Ihnen den exakten Zeitpunkt des Endes von Frau Maier wissen, die wir hier in ihrem letzten Ruhekissen sehen.

(Großaufnahme von Elsbeth Maier)

Bis zur Entscheidung im Hause Maier spielen wir Ihnen ein Interview zu, das mein Kollege Ruprecht Ufferhalt am vergangenen Wochenende mit dem letzten noch lebenden Henker von London führte.

(Interview-Einspielung)

Nun noch eine Bitte an Sie, liebe Zuschauer: Wenn Sie den letzten Stunden eines lieben Verwandten oder Freundes einen Sinn geben wollen, rufen Sie uns an! Kommt Ihr Kandidat für unsere Sendung in Frage, übernehmen wir selbstverständlich die Bestattungskosten inklusive Leichenschmaus in sechs Gängen.

(Fotografie des Festmenüs einblenden)

Für unser Gewinnspiel können Sie von jetzt an nicht mehr anrufen!

Da sich Oma Maier offensichtlich noch etwas Zeit lässt, singt inzwischen für Sie die bekannte Schlagerinterpretin Katja Grabstein ihren berühmten Titel "Abschied ist ein bisschen wie sterben", erstmals begleitet von den "Toten Hosen". – Bitteschön!

(Applaus)

In unserer Talk-Ecke unterhalte ich mich jetzt mit einem aktiven Sterbehelfer über die Frage: "Wie viel Zyankali braucht der Mensch?" (Herr K. aus F. möchte anonym bleiben, um auch weiterhin seinen Beruf ungestört ausüben zu können.)

(Gespräch)

..... Aus aktuellem Anlass muss ich unser interessantes Gespräch sofort abbrechen, da sich bei Elsbeth Maier anscheinend etwas tut: – – Ja, soeben stellt ein Arzt im Beisein von zwei Zeugen der Familie den Exitus fest und notiert die genaue Uhrzeit: 22 Uhr und 36 Minuten. ---

Wie mir die Jury mitteilt, hat diese Zeitangabe nur eine Anruferin gemacht: Frau Klara Gumpert aus Ulm hat den Superpreis, unsere Indienreise, gewonnen! – Wir gratulieren ganz herzlich!!!

(Siegeshymne)

Hallo!? – Spreche ich mit Frau Klara Gumpert aus Ulm? - - - Sie sind die glückliche Gewinnerin des heutigen Abends! - - - Was sagen Sie? - - - Sie trifft der Schlag? - - - Warten Sie damit, bis Sie in Indien waren!!! - - - Auf Wiederhören und gute Reise!

(Lachen und stürmischer Beifall)

So, meine sehr verehrten Damen und Herren, das war's für heute! - - Ein voller Erfolg!!!

(Hintergrundgeräusche)

In der nächsten Woche sind wir live zu Gast in einer neurologischen Intensivstation für Unfallopfer. Außerdem geben wir Ihnen aufschlussreiche Tipps zur Gestaltung eines Nachrufes. – Und natürlich können Sie wieder herrliche Preise gewinnen!!!

Bis dahin bleiben wir weiterhin: "Dem Tod auf der Spur".

(Musik und Abspann)

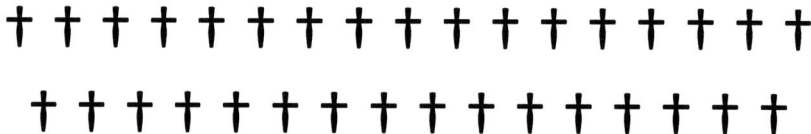

NONSENS UND VERMISCHTES

Tibeterick

Eine ältere Dame aus Teheran
Befahl einem Jüngling: "Tritt näher ran!"
    Als er sie ganz nah sah,
    Floh er gleich nach Lhasa
Zu einer, die brachte ihm Tee heran.

In vino veritas

"Lieber ein Leben in Nöten
Als weiter Tiere zu töten!"
    Sagte ein Jäger
    Nach dem zwölften Steinhäger.
Nun geht ihm die Beute halt flöten!

Etwas Kränkliches

Eine Krankenschwester tat mir kund:
"Hol' Dir 'nen Ball, so fest und rund!
    Dann vergehen die Schmerzen,
    Der Rat kommt von Herzen."
Den Ball, den hat heute mein Hund!

Weibliche Zucht

Eine ältere Dame in Herten,
Die benutzte gern ihre Gerten,
    Um zu strafen den Mann,
    Der auf Weiber nur sann,
Weil diese ihn zu sehr begehrten.

Wässerick

Eine ältere Dame aus Eisenbach,
Die dachte über das Alter nach.
    Sie trank ein Glas Selter
    Und wurde nicht älter.
Das machten ihr gleich alle Frauen nach.

GEDICHTE VOM SMIEGEL

Der Thron des Hundes

Ich liege, kuschel' gerne
In der Sonne, in der Wärme.
Ich habe zwei Augen, beide schön blau,
Die Ohren gerahmt, man sieht es genau.
So sitz' ich hoch auf meinem Thron,
Das kennt man schon.
Jedoch die Leute bleiben steh'n,
Sie haben so was nie geseh'n.
Und auch das Fell, das hab' ich dran,
Dass man mich besser streicheln kann.

Der Trick

Ich werfe mich gern auf den Rücken,
Um and're Menschen zu entzücken.
Ich streck' ein Beinchen von mir weg,
Der Trick erfüllt sogleich den Zweck:
Die Leute finden's süß und niedlich.
Ich schlafe ein und träume friedlich.

Der Sänger

Die Augen blau, geschminkt und schön:
So etwas hat man nie geseh'n.
Man sagt, ich könnte nicht gut singen,
Jetzt will man den Beweis mir bringen!
Nur weil die andre besser hat getönt,
Werd' ich von allen nur verhöhnt.
Die Menschen kennen nur noch Flausen,
Sind halt wahre Kunstbanausen!

Der Käfer

Ein Käfer, trippel-trappel-trapp,
Lief provozierend auf und ab.
Du kleiner Wicht, na, warte nur,
Ich bin dir gleich schon auf der Spur,
Ich werde dich soeben kriegen ...,
Doch, ach, Betrug! Das Ding kann fliegen!

Siberian Husky Anuk (2004)

WIE SCHALL UND RAUCH
Eine "wahre" Schulgeschichte

Hans Wurst war mit seinen siebzehn Jahren ein Junge wie viele andere in seiner Schule. Er traf sich regelmäßig mit Anna Bolika, Tess Tosteron und Yvette Mit-Dir beim Sport. Der aus dem früheren Jugoslawien mit seiner Familie eingereiste Bata Rie gab stets fürchterlich an wegen seiner – wie er meinte – "besonderen Leistungsfähigkeit". Das machte ihn bei dem Sportmuffel René Nie ebenso wenig beliebt wie die wegen ihrer Pickelfresse berüchtigte Martha Pfahl oder ihre Freundin Claire Anlage – eine echte Kack-Tusse – oder der agile Axel Schweiß, den keiner so recht riechen konnte. Dagegen wirkte der etwas kleinwüchsige Klaus Trophobie immer etwas verklemmt.

Vor der Turnhalle hingen der aus der Kirche ausgetretene Lüneburger Heide Martin Nie und seine spanische Freundin Marie Huana fast ständig herum mit ihrer von allen gefürchteten Clique: Jim Beam, Claus Thaler, Paul Aner, Franz Branntwein, Kai Pirinha und Jack Russel, der mit dem Hundegesicht. Sie tranken zu viel Bier-Git und bekamen deshalb häufig Streit mit der Gang der beiden Brüder Ali und Rudi Mente, zu der auch deren Cousin Ali Bi sowie Ali Talia und Erkan Nicht gehörten. Um sich wichtig zu machen, befahl Ali Mente seinem Lakai: "Bewache die Tür, Kai!" Denn es kam immer wieder vor, dass dessen Schwester "La Kai" und die schöne 16jährige Bella Gerung mit ihren gleichaltrigen Freundinnen Pritt Stift und Michi Gan sowie dem künstlerisch verspielten Karl Ligraph die anderen warnen wollten, weil sie gute Beziehungen zu den "Warner Brothers" hatten.

Richtige Rüpel waren jedoch die sexbesessenen Freunde Tim Booktwo aus "Down Under", Larsen Rinström aus Schweden, der Russland-Franzose André Gedudrow und die Chinesin Zueng, die gerade ihren neuen abgespaceten Fußball-Rap geflasht hatten:

"Andy Brehme, Andy Möller, an die Eier, an die Fresse!" – Andy meinte nur, dass – wenn man an die Tür ginge – es so an die acht Grad wären, an die er sich so gar nicht gewöhnen könnte. Der echte Vollblut-Fußballfan Lars Vegas sagte dazu nur lapidar: "Das darf man alles nicht so künstlerisch hochsterilisieren, sondern einfach gar nicht ignorieren!"

In der Schule traf man die urigsten und coolsten Typen: Eugen Jehovas und der Christ Ian sprachen den ganzen Tag von Gott (übrigens wie die Atheisten, die dessen Existenz leugnen!), Jack Pott mit seinem Ei-Pott war ein echter Siegertyp, Niko Tin – ein wahrer Anti-Alkoholgegner – und Bert Olucci, der im Sommer mit seinen Eltern nur gen Italien fuhr, sowie Jack Entasche und Joe Kolade, der aus Amerika kam und so süß aussah, dass Diabetiker bei seinem Anblick Sonnenbrillen tragen mussten. Er hasste niemanden so sehr wie seinen Landsmann Jim Mel, vor dem es ihn regelrecht ekelte und dessen Mama aus Alabama stammte. Dagegen waren Jim Panse und Julian Fang seine besten Freunde. Joe Kolade und Jim Panse galten als echte "Tee-Nager", weil sie Kaffee verabscheuten und stattdessen den Tee Resia tranken. Ihr Markenzeichen war daher auch ein T-Shirt, das sie bei dem Schweizer Urs Ela kauften, der wiederum die beiden Designer Edi Tion und Franz Ose beschäftigte, die seiner Frau gelegentlich den Hof machten. Nicht so gerne mochten sie den Workaholic Andy Arbeit, der seit einigen Wochen im Politiker-muss-Weg Nr. 1a wohnte, wo er mit seinen verschrobenen Scheißbook-Freunden immer nur "Wie Du mir, so-do-mie" spielte.

Eines Tages trafen Marga Rine und Zita Delle zufällig ihren Klassenkameraden Dennis Match, der gerade von einem Turnier kam, und fragten ihn: "Wohin gehst du?" – "Ins Kino." – "Was läuft da?" – "Quo vadis." – "Was heißt das?" – "Wohin gehst du?" – – – "Ins Kino." – "Was läuft da?" – "Quo vadis." – "Was heißt das?" – "Wohin gehst du?" – – – "Ins Kino." ......

Als das intensive Gespräch nach etwa zweieinhalb Stunden zu Ende war, war der Film längst aus. So beschlossen die beiden Mädchen noch kurz in die Klause des örtlichen Tierschutzvereins "Pro-Vieh" zu gehen, denn beide waren stets gut zu Vögeln. Weil dort aber bereits geschlossen war, starteten sie durch zu ihrer Stammkneipe "Sichtbar", die früher "Achtbar" oder "Scheinbar" und dann "Kostbar" hieß, es jetzt aber schon lange nicht mehr war. Am Stammtisch saßen wie immer die Kumpels Ben Nie, Ben Nimm, Ben Gale und Otto Ne mit ihren Freundinnen Anni Lin, Sue Shi, Judith It und Mona Te. An der Theke lümmelten sich die Angeber Pedro Leum, Roman Tik, Peter Silie und Toni Ka herum. Gewöhnlich hänselten sie die beiden Transen Franz Iska und Oli Via, die regelmäßig beim Ober Rette um Schutz flehten. Richtige Memmen halt, die jedoch bei dem amerikanischen Folk-Song "Oh, my Darling, klemm'en ein" sofort wieder putzmunter wurden! Leo Pard und Mahatma Spaß konnten sich vor Lachen kaum noch halten, ebenso wie Rolf, der gerade vom Golf kam.

Der eingefleischte Vegetarier Frank Furt und der Boy Kott, der stets gegen alles war (auch gegen das diametrale Gegenteil des negativen Widerspruchs der oppositionellen Antipoden-Verneinung), wetteten miteinander, ob es möglich wäre, die Zeit für fünf Minuten anzuhalten oder nicht. Als Sara Sani mit ihrem Papa Razzi und ihrem Opi Um in das "Bist-roh" kamen, mussten sie die Wette besiegeln und sich fragen, wie man dann die fünf Minuten messen soll!?

Papa Razzi oder "Vati Kann mit dem Glimmstängel", wie ihn nicht nur seine Kinder nannten, hatte zu Hause einen kleinen Privatzoo in seinem riesigen Garten: den Hund Anuk, die Kuh Rare, die Kuh Plung, einen 15 Kilo schweren Com-Puter, das Ren Tier, den Kater Rina und das Reh Form, mit dem das Baby Doll immer ganz doll spielen wollte. Als Tierarzt zuständig war der nordisch aussehende Doc Tor. Auf dem Gelände befand sich sogar ein kleiner See, auf dem man herrlich mit dem "Peli-Kahn" (einem Geschenk eines befreundeten "Titan-Torwarts") herumpaddeln konnte. – (Jahre später brachte übrigens das viele Morphium den alten Opi um!)

In der folgenden Woche begrüßte der Schulleiter, Oberstudien-direktor Reiner Mako, die fünf aus den USA angereisten Austausch-schüler Nick Name, Lars Vegas, Mary Goround mit ihrer Kusine Mary Christmas und die niedliche Mel One, die durch ihre äußere Erscheinung einen besonderen Eindruck bei Mani Toba, Carlo Rien und Jan Nuar hinterließ. – Jan und seine beiden Freunde Leon Berger und Bernhard Diener mussten mit ihren Eltern und dem Bär Lusconi seit Jahren am Main hausen und nannten etwas ver-schmitzt ihren Klo "Thilde". Nur der aus Norwegen stammende Tor Ben (Spitzname "Sir Ren") kam gelegentlich zu Leon und dessen Vater Morgana zu Besuch. Gemeinsam ließen sie sich von ihrem Chauffeur Otto Motor in ihrem schicken Auto "Rität" herumkut-schieren und aßen später köstliche Berlin-Aale.

Die Anal-Phabeten unter den Schülern gaben ihrem serbosloweno-polnischen Klassenlehrer Wiedumir Sodomie insgeheim den Spitz-namen "Wehrmacht", weil der immer am Anfang einer Schulstunde fragte: "Wer macht die Tafel sauber?" Dafür hatte man dann einen speziellen Wisch-Herr (englisch: "wiper") erkoren.

Die klepto-germanisch veranlagte Clau-Dia war jetzt zu einem Inder nett, denn – nach einem missglückten "Sturm auf den Basti" – war sie jetzt wegen eines Telegramms niedergeschlagen, das sie kurz-fristig von ihrem Verlobten Peer Ser – genannt "Peer Vers" oder auch "Peer Du" – erhielt:

"Holdes Sehnen, starkes Hoffen:
Kann nicht kommen, bin besoffen!"

Der profilneurotisch infantil regressiv gestörte Niels, dem von Zeit zu Zeit statt der Zweifel die Dreifel kamen, schrieb nach den viel zu kurzen Sommerferien einen angeberischen, uncoolen Hybrid-Aufsatz zu dem Thema "An den Ufern des Nils". Zwar nannte er sich beim Häuserkampf früher einmal "B. Setzer", hat aber sonst keinen Mumm bei seinen Aktivitäten.

In der Schule arbeiteten der hochbegabte Phil Osophie und seine drei Kumpels Sony, Kai Lash und Kai Ahnung seit Jahren an ihrer affentittenturbobärenschweineschwanzesupergeilen Internet-Seite: www.ich-hab-recht-und-du.net. Ihre Freundinnen brachten zur Stärkung gesüßten Tee heran. Phil, der stets viel wollte, forderte eine Beteiligung von 50 Prozent oder wenigstens eineinhalb Drittel vom Ganzen. Danach wollen sie alle gemeinsam auf eine endgeile Abi-Tour nach Adis-abi-ba gehen. Nur Anne will nicht. Der musik-begabte Amerika-Fan Sony hat auch schon – mit Hilfe von Charles Ton – den ohrwurmverdächtigen Refrain für eine Abi-Hymne im Stil von "Oh Mamy Blue" komponiert: "O, bama – o, bama-bama-o, o-bama, o."

DER LIMES

Der obergermanisch-rätische Limes (lat. Grenze; Raetien: heute Bayern) oder "Pfahlgraben" war eine römische Verteidigungsanlage und zugleich Reichsgrenze mit einer Gesamtlänge von 548 km, etwa 1.000 Wachttürmen und über 100 Kastellen. Er zog sich vom Rhein bei Rheinbrohl (Vinxtbach) in südöstlicher Richtung bis zur Donau bei Kelheim. Der Limes hat einige Jahrhunderte lang das römische Gallien nach Osten geschützt und etwa 100 Jahre für Frieden gesorgt.

Die Anfänge des Taunus-Limes gehen auf den Krieg Kaiser Domitians (81-96) gegen den Germanenstamm der Chatten (Zentren um Kassel und Fritzlar) zurück (83-85). Bei der Anlage des Limes muss man allerdings vier Phasen unterscheiden:

1. Anfangs bestand nur eine Schneise im Wald, die von hölzernen Wachttürmen aus kontrolliert wurde. Die Türme waren durch einen Postenweg verbunden.

2. Unter Kaiser Hadrian (117-138) bauten die Römer vor dem Postenweg eine hölzerne Palisade, um die Grenzüberwachung zu erleichtern.

3. In der Mitte des zweiten Jahrhunderts wurden die alten, baufällig gewordenen Holztürme durch dauerhafte Steintürme ersetzt. Gleichzeitig wurden zusätzliche neue Steintürme errichtet, um die Grenze besser zu übersehen. Daher findet man am Limes oftmals die Reste von Holz- und Steintürmen nebeneinander.

4. Erst mit dem Wechsel vom zweiten zum dritten Jahrhundert legten die römischen Grenztruppen Wall und Graben am Limes an, und zwar direkt hinter der Palisade, die weiterhin bestehen blieb (vgl. die Rekonstruktion in der Nähe der Saalburg).
   Unter Kaiser Marcus Aurelius Severus Antonius, genannt Caracalla (211-217), von dem eine Steinsockel-Inschrift in der Saal-

burg zeugt, wurden die Palisaden am rätischen Limes (Raetien = Bayern) teilweise durch eine drei Meter hohe Steinmauer ersetzt, die im Volksmund "Teufelsmauer" oder "Heidenwall" genannt wird.

Die Grenzanlagen des Limes waren relativ schwach besetzt. Die Entfernung der Wachttürme betrug 200 bis 1.000 Meter. Auf dieser Strecke waren nur die wenigen Soldaten der Turmbesatzungen verfügbar. Die Saalburg beherbergte eine von einem Centurio befehligte Kohorte von etwa 500 Mann. In dem knapp 11 Kilometer entfernten Feldbergkastell lagen nur ungefähr 150 Soldaten ("numerus"). Damit ließen sich größere, ernsthafte Angriffe germanischer Stämme nicht aufhalten. So war der Limes nur ein überwachtes Annäherungshindernis, aber keine verteidigungsfähige Wehranlage. Er sollte kleine räuberische Überfälle verhindern, den Grenzverkehr kontrollieren und die Grenze eindeutig nach außen hin markieren.

Um 259/260 durchbrachen die vom Mittellauf der Elbe vordringenden Alamannen (oder Alemannen) den obergermanischen Limes. Um die gleiche Zeit wurde auch der rätische Limes aufgegeben.

DIE SAALBURG

Die Vorgeschichte der nordwestlich von Bad Homburg vor der Höhe gelegenen Saalburg (vermutlich vom mittelalterlichen "sala" = fränkisches Krongut) beginnt im ersten Jahrhundert unserer Zeitrechnung. Nach dem Krieg Kaiser Domitians (81-96) gegen die Chatten ("Hessen") [83-85] wurde nahe des späteren Kastells ein durch Erdschanzen gesicherter Taunuspass angelegt. In den Jahren 88 und 89 n. Chr. wurde innerhalb der heutigen Saalburg ein kleines Holzkastell mit einer Fläche von ca. 7.000 m² für 150 bis 200 Mann (numerus) gebaut.

Im Lauf der nächsten Jahrzehnte unter Kaiser Trajan (98-117) erwies sich an diesem Grenzabschnitt eine Verstärkung des militärischen Personals als notwendig. Unter Kaiser Hadrian (117-138) wurde um 120 n. Chr. mit der Anlegung eines größeren Kastells begonnen. Um 135 n. Chr. wurde die Saalburg erheblich vergrößert (auf 3,2 ha Fläche) und als Standquartier für die teilberittene Zweite Raeter-Kohorte (Raetien: heute Bayern) [etwa 500 Soldaten] ausgebaut ("Cohors II Raetorum civium Romanorum equitata").

Um 180/190 wurde die Saalburg von Germanenstämmen zerstört, aber sogleich von den Römern wieder aufgebaut. – Im Jahr 233 wurde die Saalburg von den Alamannen, die vom Mittellauf der Elbe nach Süden vordrangen, abermals zerstört. Nach dem Wiederaufbau wurde sie von den Römern nur noch schwächer oder lediglich zeitweise besetzt. – Um 259/260 wurde die Saalburg von den Alamannen endgültig erobert. Die Saalburg zerfiel und geriet in Vergessenheit.

Das römische Kastell am obergermanischen Limes wurde auf Beschluss Kaiser Wilhelms II. (1859-1941) vom 18. Oktober 1897 zwischen 1898 und 1907 unter der Leitung des Geheimen Baurats Professor Louis Jacobi (1836-1910) aus Bad Homburg teilweise rekonstruiert. Die Neuerrichtung der Saalburg geht im Wesentlichen auf ausgegrabene Fundamente eines Kastells aus dem frühen 3. Jahrhunderts n. Chr. zurück, die 1868 bis 1870 unter der Leitung des preußischen Obersts Karl August von Cohausen (1812-1894) freigelegt wurden. Sie ist von Historikern allerdings wegen diverser Ungenauigkeiten kritisiert worden: Ursprünglich war das Mauerwerk kachelartig weiß verputzt, und die Zinnen standen in größeren Abständen.

Die 466 Meter hoch gelegene Anlage ist heute das größte und besterhaltene Römerkastell. Seine frühere Besatzung betrug etwa 500 Mann. Außerhalb der Ringmauer lagen Unterkunfts- und Rasthäuser (lat. mansiones), Badeanlagen (thermae) mit Fußbodenheizung (hypocaustum) und Toiletten (latrinae), eine zivile Siedlung (canabae) von Handwerkern und Kaufleuten, ein ziviles Kastelldorf (vicus), verschiedene Heiligtümer (zum Beispiel das Metroon und der Mithras-Tempel [Mithräum]), Gräberfelder und zahlreiche, stets neu angelegte Brunnen. In den insgesamt 99 Brunnenschächten wurden viele Dinge des täglichen Lebens hervorragend konserviert und sind heute im als Museum wieder aufgebauten Speicher (horreum) der Saalburg zu sehen (gegenüber des Kommandeurswohnhauses [praetorium] an der Hauptstraße [via praetoria]). – Der Limes verlief etwa 200 Meter weiter nördlich und grenzte die Chatten vom römischen Imperium ab.

Die Inschrift über dem Haupttor (porta praetoria) der Saalburg aus dem Jahr 1903 besagt in lateinischen Bronzelettern, dass Kaiser Wilhelm II. das Kastell zum Andenken an seine Eltern wieder errichten ließ. – Die vor dem Prätorianertor aufgestellte Bronzestatue des römischen Kaisers Antoninus Pius (138-161), der den Limes auf die Linie Miltenberg – Lorch vorschieben ließ, stammt von dem damals berühmten Berliner Bildhauer Johannes Götz.

Bernd Weil

Klaus Mann: Leben
und literarisches Werk im Exil

R. G. FISCHER

KLAUS MANN (1906 bis 1949)
LEBEN UND WERK DES SCHRIFTSTELLERS

Vortrag im Kulturzentrum Alte Kirche
Selters – Niederselters 1997 [1]

Klaus Heinrich Thomas Mann kam am 18. November 1906 in München als zweites Kind des Schriftstellers Thomas Mann und dessen Ehefrau Katia, geborene Pringsheim, zur Welt. Als zweiten Vornamen trug er den seines Onkels, des Schriftstellers Heinrich Mann, als dritten den seines Vaters Thomas. Die Namengebung des Säuglings täuscht eine familiäre Harmonie vor, die – wie Sie hören werden – so nur selten gegeben war.

Schon früh galt Klaus Mann als der "naseweise Sohn eines berühmten Vaters", wie er sich selbst einmal bezeichnete. An der "Odenwaldschule" in Oberhambach bei Heppenheim an der Bergstraße lehnte er sich gegen den Gründer und Leiter der Freien Schulgemeinde Paul Geheeb ("Paulus") auf (1922/1923). In München trieb er sich des Öfteren mit seiner älteren Schwester Erika herum, hielt bereits als Kind in seinem Tagebuch dezidierte Selbstmordabsichten fest, verfasste schon als Jugendlicher zahlreiche Liebes- und Mordgeschichten, Theaterkritiken und Essays und schrieb mit nicht einmal 26 Jahren seine erste Autobiografie "Kind dieser Zeit" (1932).

Seit 1925 war Klaus Mann als Theaterkritiker und Journalist in Berlin für verschiedene Blätter tätig, während seine eigenen Theaterstücke "Anja und Esther" (1925) und "Revue zu Vieren" (1926) vom Kabarett "Die Pfeffermühle" seiner Schwester Erika aufgeführt

---

[1] Der Vortrag wurde Ende 2015 als Essay veröffentlicht: Weil, Bernd: Klaus Mann. Leben und Werk des Schriftstellers. München 2015 (ISBN: 978-3-668-14171-1; als E-Book: ISBN: 978-3-668-14170-4). – Grin-Verlag: http://www.grin.com/de/e-book/315152/klaus-mann-leben-und-werk-des-schriftstellers

wurden, wobei die beiden Geschwister neben Gustaf Gründgens und Pamela Wedekind als Schauspieler auftraten.

Während der österreichische Schriftsteller Stefan Zweig in einem persönlichen Brief aus dem Jahr 1925 Klaus Mann zu weiteren literarischen Arbeiten ermutigte, verhielt sich der berühmte Vater als Autor der "Buddenbrooks" (1901), der gerade den "Zauberberg" (1924) veröffentlicht hatte, recht distanziert. Der kleine Vater-Sohn-Konflikt war aber nur eine kaum ernst zu nehmende flüchtige Episode.

Klaus Manns literarischer Start war ihm – wie wir gesehen haben – sehr leicht gemacht worden. In seiner zweiten Autobiografie "Der Wendepunkt" (1942) schrieb er darüber: "Was immer ich zu bieten haben mochte, man nahm es mir ab, man fand es interessant." – So wurde Klaus Mann als Schriftsteller neben seinem Vater Thomas und seinem Onkel Heinrich zum "dritten Mann", wie ihn 1934 sein Freund Hermann Kesten bezeichnete. Aus der Rolle des "Sohns" wollte der Individualist Klaus Mann jedoch von Anfang an entschlüpfen.

Klaus Mann beherrschte – wie kaum ein anderer Autor – die Kunst der Selbstanalyse. Mit aller Offenheit bekannte er sich schon früh zu seiner Homosexualität und seiner ausgeprägten Todessehnsucht. Wie mir der vor einigen Jahren verstorbene größte private Klaus-Mann-Sammler Klaus Blahak (†) aus Wiesbaden mitteilte, hatte Klaus Mann in seinem Leben mindestens acht oder neun Suizidversuche unternommen, welche die Familie natürlich peinlich verschwieg. Bereits mit elf Jahren verfasste er das Theaterstück "Tragödie eines Knaben" (1917), das einen Schülerselbstmord behandelt. In seiner ersten Autobiografie "Kind dieser Zeit" aus dem Jahr 1932 zitierte er Schockierendes aus seinem eigenen Tagebuch, das er als Siebzehnjähriger führte: "Zu allen Formen der Selbstvernichtung war man schon fest entschlossen: der Strick hing schon an einem festen Haken im Speicher; dieses Gift könnte man sich so oder so verschaffen; nachts in den Schnee könnte man sich legen tüchtig

Schnaps vorher trinken und dann schlafen --; oder einfach vom Turm der Frauenkirche springen, das Hirn aufs Pflaster verspritzen." Auch später noch nannte er seine Todessehnsucht eine absurde, aber schöne Begierde.

In der Zeit der Weimarer Republik wurde Klaus Mann, der sich stets als engagierter Weltbürger und Verfechter der paneuropäischen Einigung verstand, von linker und von rechter Seite beschimpft. Der marxistische Kritiker Siegfried Kracauer nannte ihn 1932 "ein verschmiertes Talent" und fand seinen Roman "Treffpunkt im Unendlichen" (1932) "einfach zum Kotzen", während die Nationalsozialisten ihn wegen seiner Schilderungen von Homosexualität, Inzest und Todessehnsucht hassten.

Klaus Mann verstand sich in erster Linie als Repräsentant der Jugend und machte auch vor nicht "gesellschaftsfähigen" Themen keinen Halt. Die frühe Selbstenthüllung, in der er sich offen zu seiner Homosexualität bekannte, brachte ihm enorme Anfeindungen, wie er selbst in seiner letzten Autobiografie "Der Wendepunkt" (englisch: "The Turning Point" [1942]) feststellte: "Man huldigt nicht diesem Eros, ohne zum Fremden zu werden in unserer Gesellschaft, wie sie nun einmal ist; man verschreibt sich nicht dieser Liebe, ohne eine tödliche Wunde davonzutragen."

Über die Flüchtigkeit seiner Liebesbeziehungen schreibt er in seinem Roman "Symphonie Pathétique" (1935), indem er den russischen Komponisten Peter Tschaikowsky sagen lässt: "Wie flüchtig waren alle diese Abenteuer des Herzens — flüchtig durch meine Schuld [...]. Denn mein Gefühl war nie stark genug, immer hat es versagt. Es entzündete sich schnell an den Fremden, doch es blieb ihnen niemals treu." – Der führende Vertreter der deutschen Literaturkritik, Marcel Reich-Ranicki, schrieb 1976 in der von ihm mit herausgegebenen "Frankfurter Allgemeinen Zeitung", dass sich Klaus Mann durch "sein offenes Bekenntnis zur Päderastie (Knabenliebe; B. W.) vom Zwang zum Doppelleben befreit" hat.

Bereits 1930, als die NSDAP bei den Reichstagswahlen 18,3 % der Stimmen (gegenüber nur 2,6 % im Jahr 1928) erhielt, warnte Klaus Mann vor Adolf Hitler und seiner diabolischen Barbarei. So früh erkannten nur wenige die Gefahren, die von den Nazis ausgingen. Schon im Mai 1931 diskutierte man in seinem Elternhaus die Möglichkeit des Exils im Falle einer nationalsozialistischen Diktatur.

Im August 1932 veröffentlichten die Nationalsozialisten im "Völkischen Beobachter" eine Liste der "Repräsentanten einer dekadenten Niedergangsperiode", deren Werke verboten werden sollten und die die Grundlage der Bücherverbrennungslisten ("Schwarze Listen") von Mai 1933 darstellte. Auch die Namen Klaus und Heinrich Mann fanden sich auf diesen Listen.

Nachdem Adolf Hitler am 30. Januar 1933 von Reichspräsident Paul von Hindenburg aufgrund des Artikels 48 der Weimarer Reichsverfassung zum Reichskanzler ernannt und mit der Regierungsbildung beauftragt worden war, sah Klaus Mann für sich keine andere Möglichkeit als die des Exils. Erika und Klaus warnten ihre Eltern telefonisch vor einer Rückkehr aus dem schweizerischen Arosa nach München, weil Bayern am 9. März 1933 "gleichgeschaltet" und General Ritter von Epp als Reichsstatthalter eingesetzt worden war. Klaus Mann verließ er als einer der jüngsten Schriftsteller einen Tag nach seiner Schwester Erika am 13. März 1933 die Heimat und ging nach Frankreich (zunächst nach Paris). – Schätzungen zufolge beläuft sich die Gesamtemigration aus Deutschland auf rund 400.000 Menschen, von denen etwa 2.000 literarisch tätig waren.

Klaus Mann war davon zu Recht überzeugt, dass ihn die Nazis – wäre er nicht geflohen – "totgeschlagen – mindestens eingesperrt hätten" (Das Wort, Heft 4/5 [1937], S. 182). Thomas Mann schrieb 1950 über die Exilerfahrung seines ältesten Sohns: "Sie endete, diese spielerisch-übermütige und begabte Kindheit, eigentlich mit dem Exil. Dieses machte ihn zum Mann; die Erfahrung des Bösen rief seinen Ernst auf." (Klaus Mann zum Gedächtnis, S. 8) – Wie viele Exilierte, glaubte Klaus Mann anfangs, dass das "Dritte Reich" nur eine vorübergehende Episode sei. – Den Irrtum bemerkten viele erst, als es zu spät war.

Am 10. Mai 1933 verbrannte man in Leipzig die Bücher von Klaus Mann und seinem Onkel Heinrich. Thomas Mann wurde als größter lebender Schriftsteller der Deutschen und als Nobelpreisträger (1929) zunächst noch "verschont" (bis 1936). – Bereits im Jahr 1824 formulierte der deutsche Dichter Heinrich Heine im Zusammenhang mit der Zensurpolitik des Fürsten Metternich den bedeutenden Satz: "Dort, wo man Bücher verbrennt, verbrennt man auch am Ende Menschen." Und er sollte über 100 Jahre später noch Recht behalten.

Das Exil trieb Klaus Mann nach Sanary-sur-Mer in Südfrankreich und nach Amsterdam, wo er von 1933 bis 1935 die erste literarische Exilzeitschrift, "Die Sammlung", herausgab. Von einer Position der Mitte her wollte er für das "Verstoßne, für dieses zum Schweigen gebrachte, für dieses wirkliche Deutschland [...] eine Stätte der Sammlung sein" (Heute und morgen). – Der Skandal aber, der sich am Erscheinen der ersten Hefte entwickelte, stellte politischen Sprengstoff dar. Die Mitarbeiterliste der "Sammlung" nannte auch die Namen Alfred Döblin, Thomas Mann, René Schickele und Stefan Zweig. Durch diese Namensliste aufgebracht, ließ die "Reichsstelle zur Förderung des deutschen Schrifttums" vom "Börsenblatt für den Deutschen Buchhandel" am 10. Oktober 1933 eine Warnung vor literarischen Exilzeitschriften, insbesondere vor der "Sammlung", verbreiten.

Am 14. Oktober 1933 – also nur vier Tage später – ließ die "Reichsstelle" im "Börsenblatt" die Distanzierungsschreiben der genannten Autoren gegenüber der "Sammlung" veröffentlichen, die diese zuvor ausnahmslos an Klaus Mann und ihre "reichsdeutschen" Verleger geschickt hatten, in denen sie sich aus angeblichen politischen Differenzen von der Zeitschrift lossagten. Dass sich sogar der eigene Vater von seiner Zeitschrift öffentlich distanzierte (nicht aber sein Onkel Heinrich!), muss Klaus Mann tief getroffen haben. Er unterließ es jedoch – aus Rücksicht auf seinen Vater und um die Spaltung der Exilierten nicht weiter voranzutreiben –, Erwiderungen von den Autoren der Distanzierungsschreiben zu verlangen, obwohl dieser Skandal von den Nationalsozialisten als ein Sieg über den beginnenden Exilwiderstand gewertet und entsprechend gefeiert wurde.

Am 3. November 1934 wurde Klaus Mann von der deutschen Reichsregierung ausgebürgert, was er als Auszeichnung empfand. Mit der Ausbürgerung aber waren die Exilierten zunächst staatenlos und damit der Willkür der Aufnahmeländer ausgeliefert. Klaus wurde – wie später die gesamte Familie Mann – am 25. März 1937 tschechoslowakischer Staatsbürger, ein überaus seltenes Entgegenkommen eines "Gastlandes", denn die Exilierten waren – wie mir der in Hofheim lebende Exilforscher Hans-Albert Walter in einem Gespräch mitteilte – in ihren Aufnahmeländern geduldet, aber keinesfalls willkommene "Gäste".

Zürich, Paris, Moskau, Budapest, Salzburg und Prag waren weitere Stationen des bewegten Lebens Klaus Manns. Um den antifaschistischen Widerstand in Deutschland zu unterstützen, beteiligte er sich an der anonymen, illegalen Tarnschrift "Deutsch für Deutsche", einer vom "Schutzverband Deutscher Schriftsteller (SDS)" im Juni 1935 in Paris herausgegebenen Anthologie exilierter Literaten. In seinem Anfang April 1935 verfassten "offenen Brief" "An die Staatsschauspielerin Emmy Sonnemann-Göring", die Ehefrau des Ministerpräsidenten Hermann Göring, stellte Klaus Mann ihr die rhetorische Frage: "Treten hinter den üppigen Portieren nicht die Erschlagenen aus den Konzentrationslagern hervor, die zu Tode Geschundenen, die auf der Flucht Erschossenen, die Selbstmörder?"

Zu diesem Zeitpunkt (1935) glaubte Klaus Mann – wie die meisten Exilierten – zumindest noch an die Möglichkeit einer Rückkehr nach Deutschland nach dem Sturz des NS-Regimes. Zugleich jedoch erschien ihm der Nationalsozialismus als etwas Allgegenwärtiges, das ihm nächtliche Albträume bescherte, in denen er sich von Nazihäschern unentrinnbar verfolgt sah. – Von ähnlichen Ängsten in seiner Schweizer Exilzeit berichtete mir der inzwischen leider verstorbene Schriftsteller und Germanistikprofessor an der Frankfurter Johann-Wolfgang-Goethe-Universität Ernst Erich Noth (1909-1983), der eigentlich Paul Albert Krantz hieß.

Der "Faschismus" war für Klaus Mann "der Zerstörer der echten europäischen Werte" (Heute und morgen), während er stets an das "andere, bessere Deutschland" (The Other Germany [1940]) glaubte. Klaus Mann war ein überzeugter Antimilitarist. Trotz seiner Nähe zum Sozialismus war er kein Kommunist oder Marxist, wie er in seinem zweiten Lebensbericht "Der Wendepunkt" schrieb. In politischer Hinsicht stand er seinem Onkel Heinrich näher als seinem Vater. Professor Klaus Hubert Pringsheim jr. (1923-2001), Neffe Thomas Manns und Präsident des "Canada-Japan Trade Council" in Ottawa (Kanada), lebte Anfang der 40er Jahre des 20. Jahrhunderts bei seinem Onkel im kalifornischen Pacific Palisades (San Remo Drive 1550). Er berichtete mir bei einem seiner Besuche in unserem Haus in Selters, dass zwischen den Brüdern Thomas und Heinrich Mann Anfang der 40er Jahre meistens eine Art des politischen "Burgfriedens" bestand, indem man beiderseits brisante politische Themen mit Bedacht aussparte.

Bis 1936, als Klaus Mann in den USA lebte, war er zu einer der herausragenden Persönlichkeiten unter den Exilschriftstellern avanciert. Er widmete sich umfangreichen literarischen und journalistischen Aktivitäten und war im Jahr 1938 zusammen mit seiner Schwester Erika als Korrespondent im Spanischen Bürgerkrieg (1936-1939). Dennoch konnte er finanziell nur dank seines gut situierten Elternhauses oder mit Schulden überleben, wie er selbst in zahlreichen Briefen immer wieder beklagte.

Inzwischen war Klaus Mann dem Heroin verfallen. Seine Drogenabhängigkeit war bereits so weit fortgeschritten, dass er sich von Mai bis Juni 1937 einer Entziehungskur in einem Budapester Sanatorium unterziehen musste.

In der Zeit des Exils schrieb Klaus Mann vier große Romane: "Flucht in den Norden" (1934), "Symphonie Pathétique" (1935), "Mephisto" (1936) und "Der Vulkan" (1939). Wie mir der inzwischen verstorbene Besitzer der größten privaten Klaus-Mann-Sammlung, der Wiesbadener Klaus Blahak, mitteilte, lassen sich nahezu alle Figuren in Klaus Manns Romanen und Erzählungen auf bereits verstorbene oder noch lebende Personen zurückführen. In allen seinen Exilwerken werden das nationalsozialistische Deutschland und das Leben in der Verbannung thematisiert, mit Ausnahme der "psychologischen" Rahmennovelle "Vergittertes Fenster" (1937) über den rätselhaften Tod König Ludwigs II. von Bayern im Starnberger See.

Der Roman "Flucht in den Norden" (1934) spielt in Finnland und behandelt die Themen Flucht und Verantwortung im Exil. – In Klaus Manns zweitem Exilroman, "Symphonie Pathétique" (1935), dessen tragischer Held der russische Komponist Pjotr Iljitsch Tschaikowsky (1840-1893) ist, lautet das zentrale Thema wiederum Heimatlosigkeit. Tschaikowsky, mit dem sich der Autor des Öfteren identifiziert, steht in einer homoerotischen Beziehung zu seinem Neffen Wladimir, genannt "Bob". In der Einsamkeit, die ihm dieser Eros bringt, vollendet er sein Meisterwerk, die Symphonie Nr. 6, h-Moll, opus 74, "Pathétique", zu einer Zeit, da er sich bereits mit Selbstmordabsichten trägt. In seinem Pariser Exil trinkt Tschaikowsky – entgegen der historischen Realität – mit Absicht ein Glas choleraverseuchten Wassers und stirbt. Indem er die Homosexualität und den Suizid Tschaikowskys zu rechtfertigen versuchte, warb Klaus Mann gleichzeitig beim Leser um Verständnis für seine eigene Lage.

In "Mephisto" (1936), Klaus Manns "Roman einer Karriere", zeichnet er ein Bild des Mitläufers im nationalsozialistischen Deutschland. Der Roman schildert den Aufstieg des begabten Schauspielers Hendrik Höfgen vom Star eines Hamburger Provinztheaters zum gefeierten Staatsschauspieler, "Senator" und Intendanten im Dritten Reich. Weil der Roman angeblich das Ansehen und das Andenken an den in Manila 1963 wahrscheinlich durch Suizid verstorbenen

Schauspieler Gustaf Gründgens (1899-1963), den ehemaligen Freund und Schwager Klaus Manns, verletze und verunglimpfe, wurde die 1965 in der Bundesrepublik erschienene Neuausgabe am 9. Juni 1966 vom Bundesgerichtshof verboten und musste von der Nymphenburger Verlagshandlung zurückgezogen werden. Hier zeigt sich jedoch ein merkwürdiger juristischer Widerspruch: Die Romanfigur heißt Hendrik Höfgen und nicht Gustaf Gründgens; woran aber will man ihn erkannt haben, wenn er von Klaus Mann beleidigend verzeichnet wurde?

Nach einer sieben Jahre andauernden gerichtlichen Auseinandersetzung zwischen Peter Gründgens-Gorski, dem Adoptivsohn und Alleinerben des verstorbenen Schauspielers und Intendanten Gustaf Gründgens, und der Nymphenburger Verlagshandlung (Berthold Spangenberg) hat das Bundesverfassungsgericht unter dem Aktenzeichen - 1 BvR 435/68 - am 24. Februar 1971 das Publikationsverbot bestätigt, zugleich aber die Möglichkeit offengehalten, dass der Roman mit einem "entsprechenden" Vorwort veröffentlicht werden könnte.

Im Jahr 1979 veröffentlichte die französische Regisseurin Ariane Mnouchkine vom "Théâtre du Soleil" in Paris Klaus Manns Roman "Mephisto" als neu gefasstes Bühnenstück, das sie 1980 auf die internationalen Bühnen und ins Deutsche Fernsehen (Hessen 3 und WDR 3) brachte. Nachdem ein sogenannter Raubdruck des "Mephisto" 1980 ungehindert verkauft wurde (z. B. auf der Frankfurter "Gegenbuchmesse"), veröffentlichte der Rowohlt-Verlag in Zusammenarbeit mit dem Lizenzinhaber Berthold Spangenberg am 2. Januar 1981 in einem Überraschungscoup den hierzulande nach wie vor verbotenen Exilroman als preiswerte Taschenbuch-Lizenzausgabe in einer Startauflage von 30.000 Exemplaren. Dadurch wurde das seit siebzehn Jahren bestehende fadenscheinige Verbot endgültig ad absurdum geführt. Somit ist erfreulicherweise Klaus Manns Exilroman "Mephisto" 45 Jahre nach seinem Erscheinen, 32 Jahre nach dem Tod des Autors und 18 Jahre nach dem Tod Gustaf Gründgens' aus dem Exil zurückgekehrt. – Schließlich wurde der Roman 1981 in einer ungarisch-deutschen Koproduktion von István Szabó und Peter Dobai mit Klaus Maria Brandauer in der Hauptrolle verfilmt. Der überaus erfolgreiche Spielfilm erhielt hohe internationale Auszeichnungen: zwei Preise bei den Filmfestspielen in Cannes und 1982 in Hollywood den "Oscar" für den besten ausländischen Film des Jahres 1981. – Inzwischen wurde der Roman "Mephisto" in mindestens 17 Sprachen übersetzt und vielhunderttausendfach aufgelegt.

Vom Herbst 1937 bis zum Frühjahr 1939 schrieb Klaus Mann an seinem "Roman unter Emigranten": "Der Vulkan" (1939). Er schildert darin alle wesentlichen Strömungen und Exponenten des deutschen Exils in Europa, Amerika und Asien. Der Roman, der neben Lion Feuchtwangers "Exil" und Anna Seghers' "Transit" einen der bedeutendsten Exilromane darstellt, gliedert sich in drei Teile: 1. die abenteuerliche Flucht (1933-1934), 2. die Etablierung im Exil (1935-1937) und 3. der Übergang vom Provisorischen zum Alltag (1937-1938). In einem Brief vom 6. Juli 1949 an den Schriftsteller Hermann Hesse bezeichnete Thomas Mann den "Vulkan" als den "vielleicht besten Emigrationsroman", obwohl innerhalb der ersten drei Monate nur etwa 300 Exemplare verkauft wurden, wie mir der Exilforscher Hans-Albert Walter mitteilte.

Seit 1936 lebte Klaus Mann – ebenso wie seine Schwester Erika – mit Unterbrechungen im amerikanischen Exil, wo er zusammen mit ihr die englischsprachigen Bücher "Escape to Life" (1939) und "The Other Germany" (1940) verfasste. In Amerikas Literatur und Politik sah Klaus Mann zunehmend eine neue Hoffnung, nicht ahnend, dass er als früher Nazigegner und Homosexueller bereits im New Yorker "Hotel Bedford" von FBI-Agenten observiert wurde. Die erst vor wenigen Jahren frei gegebenen Akten des von J. Edgar Hoover geleiteten Federal Bureau of Investigation enthüllen banalste Bespitzelungen zahlreicher Emigranten, wie mir der im kalifornischen Pacific Palisades lebende ehemalige Privatsekretär (1941-1943)

Thomas Manns, Konrad Kellen (eigentlich Katzenellenbogen), bei meinem Besuch erzählte. Die Ursachen für die FBI-Überwachungen sieht Konrad Kellen (1913-2007), der 1935 ebenfalls ins amerikanische Exil ging und ein Jugendfreund von Klaus und Erika Mann war, in der übersteigerten Angst vor Kommunisten und in der Tatsache, dass die Exilierten bereits Nazigegner waren, bevor es das "offizielle" Amerika wurde ("premature antifascist" ["vorzeitiger Antifaschist"]).

Die FBI-Überwachung und die homosexuelle Neigung verhinderten zunächst die Aufnahme Klaus Manns in die amerikanische Armee, obwohl er sich mehrfach freiwillig meldete. Als er am 28. Dezember 1942 endlich angenommen wurde und am 4. Januar 1943 seinen Dienst in der US-Army antrat, wohnte er bei seinen Eltern Thomas und Katia Mann in Pacific Palisades bei Los Angeles in Kalifornien, wo sich zu dieser Zeit auch der Neffe Thomas Manns, Klaus Hubert Pringsheim, aufhielt. Professor Pringsheim teilte mir mit, dass ihm zu dieser Zeit keine FBI-Limousinen vor Thomas Manns Haus im San Remo Drive Nr. 1550 aufgefallen seien, obwohl die Familie nach wie vor beobachtet wurde.

Vor und während seiner Armeezeit wurde Klaus Mann wieder von starken Depressionen und einer regelrechten Todessehnsucht geplagt, wie Tagebucheintragungen belegen. Erst nach seiner Einbürgerung ("naturalisation") am 25. September 1943 wurde er am 24. Dezember 1943 mit einer militärischen Einheit von Exilierten über Casablanca in Nordafrika nach Europa geschickt und nahm am Italien-Feldzug teil. Er diente in der "Psychological Warfare Branch" (P.W.B.), einer britisch-amerikanischen Organisation für Frontpropaganda und Gefangenenverhöre, schrieb für die amerikanische Armeezeitung "Stars and Stripes" und verfasste Flugblätter, die deutsche Soldaten zum Aufgeben bewegen sollten. (Einige dieser Flugblätter befinden sich heute im Klaus-Mann-Archiv der Staatsbibliotheken München.)

Als Korrespondent der amerikanischen Soldatenzeitung "Stars and Stripes" kehrte Klaus Mann am 8. Mai 1945, dem Tag der "bedingungslosen Kapitulation" des Dritten Reichs, nach Deutschland zurück. Nach zwölf langen Jahren des Exils musste er allerdings feststellen, dass die "Waffenbrüderschaft" zwischen Ost und West schon bald vom "Kalten Krieg" abgelöst wurde, dass die Exilschriftsteller in ihrer alten Heimat nicht die verdiente Aufnahme fanden. Wie in meiner Biografie über Klaus Mann geschildert, wurden und er und seine Schwester Erika im Jahr 1948 ungestraft als "Komintern-Agenten" Stalins diffamiert.

In einem seiner letzten posthum veröffentlichten Essays schrieb Klaus Mann 1949: "Es gibt keine Hoffnung", und er forderte die Intellektuellen zu einer kollektiven Selbstmordwelle als Massenprotest gegen die tödliche Dummheit der Menschen auf. – Am Abend des 20. Mai 1949 nahm er – nahezu mittellos, aber voller Pläne – in seinem Hotelzimmer im "Pavillon Madrid" der Gräfin Lilly Medem im südfranzösischen Cannes eine Überdosis Schlaftabletten. Nachdem Klaus Mann fast 24 Stunden lang bewusstlos gelegen hatte, starb er am 21. Mai 1949 um 1800 Uhr. Sein Grab befindet sich noch heute – von einer zu groß gewordenen Agave überwuchert – auf dem Hauptfriedhof in Cannes. Klaus Manns jüngerer Bruder, der Historiker Golo Mann, schrieb mir, als er achtzig Jahre alt wurde, dass er die Selbsttötung seines Bruders für eine spontane, nicht geplante oder politisch motivierte Aktion halte. Die etwa acht vorausgegangenen Suizidversuche belegen diese Ansicht Golo Manns.

Schließen möchte ich meinen Vortrag mit einer Strophe aus Klaus Manns Gedicht "Kaspar Hauser singt" aus dem Jahr 1925:

> "Betet – betet für mich,
> Es irrt meine arme Seele,
> Ihr Sterne, ihr Wolken, betet für mich,
> Für meine verlorene Seele."

JACK LONDON (1876 bis 1916)

Für jeden Freund der Schlittenhundeszene, Alaskas oder des Yukon-Gebietes steht der Name Jack London für Freiheit und Abenteuer, Goldrausch und Überlebenskampf, Draufgängertum und faszinierende, aber raue Natur.

Jack London wurde am 12. Januar 1876 in San Francisco (615 Third Street [im April 1906 beim Erdbeben abgebrannt]) als uneheliches und ungeliebtes Kind der zierlichen Spiritistin und Hausiererin Flora Wellman (geb. am 17. August 1843) und des herumziehenden irischen Astrologen, betrügerischen "Hypnotiseurs" und Journalisten William Henry Chaney (Spitzname "Professor"), der eigentlich O'Haney hieß und die Vaterschaft leugnete, geboren und wuchs in armen Verhältnissen in Oakland (Kalifornien) auf. Ursprünglich hieß er Johnnie Griffith Chaney, trug jedoch später den Namen seines verwitweten Stiefvaters, des leicht versehrten Bürgerkriegsveteranen John London (* 11. Januar 1828), den seine Mutter Flora am 7. September 1876 heiratete und der den Jungen adoptierte, der nun "Jack" gerufen wurde.

Jack London besuchte nur kurz die Volksschulen in Alameda und Oakland (bis 1889), führte dafür ein unstetes und abenteuerliches Leben, das ihm die Stoffe für seine zahlreichen Romane lieferte. Schon mit 10 Jahren auf Bücher versessen, war er während seiner Schulzeit unter anderem Zeitungsjunge in San Francisco (1886) und Eisträger und danach Hilfsarbeiter in einer Oaklander Konservenfabrik, in der er 1890 bereits mit 14 Jahren mehr als 16 Stunden täglich schuften musste (einmal sogar 36 Stunden am Stück!). Als Austernräuber (1891) auf seiner heruntergekommenen Schaluppe "Razzle Dazzle" in der Bucht von San Francisco warf man den "Prinz der Austernpiraten" oder "Frisco Kid" – wie er sich nannte – mehrfach ins Gefängnis, wo die Lage für ihn oft erträglicher war als draußen. Von seiner anschließenden Tätigkeit als Patrouillenführer der Fischereistreife handeln seine Erzählungen "Tales of the Fish Patrol" (1905) [deutsch: "Austernpiraten"]. – Der sechzehnjährige Jack durchlitt seine ersten Alkoholexzesse und Selbstmordabsichten.

Am 20. Januar 1893 heuerte Jack als Schiffsjunge (oder Matrose?) auf dem Schoner "Sophie Sutherland" an und ging bis August 1893 nördlich der Bonin-Inseln auf Robbenjagd. – Wieder in Oakland, arbeitete er unter sehr schlechten Bedingungen in einer Jutemühle, bildete sich abends fort und gewann mit der Erzählung "Taifun vor der japanischen Küste" am 12. November 1893 seinen ersten literarischen Wettbewerb.

1894 versuchte sich Jack als Heizer und Kohlenschlepper im Kraftwerk der Oaklander Straßenbahn. Um diesem tristen Leben zu entfliehen, schloss er sich in Iowa der sozialrevolutionären "Armee" der Arbeitslosen um "General" Kelly an, die einen "Marsch" (eigentlich mit der Eisenbahn) in Richtung Washington unternahm, den Jack allerdings schon bald abbrach. Statt dessen fuhr er 1894/95 alleine als Eisenbahntramp ("Hobo") illegal kreuz und quer durch die Vereinigten Staaten, landete im Gefängnis und kehrte als Heizer an Bord eines Schiffes nach Oakland zurück, wovon später sein autobiografischer Roman "The Road" (1907; deutsch: "Abenteuer des Schienenstranges") ausführlich berichtet. – In Oakland holte er 1895 das Abitur nach, besuchte 1896/97 die Universität Berkeley und arbeitete in einer Dampfwäscherei. Seine schriftstellerischen Versuche blieben zu dieser Zeit noch erfolglos.

Nachdem ihm im Januar 1897 die Universität Berkeley die Prüfungszulassung mit fadenscheiniger Begründung verweigerte, weil er die Studiengebühren nicht aufbringen konnte, floh Jack London am 25. Juli 1897 wieder einmal in ein Abenteuer und beteiligte sich 1897/98 in Alaska und im Yukon Territory mit den ersten Goldsuchern ("stampeders") am Klondike-Goldrausch. Am 16. Oktober 1897 meldete er im "Mining Office" der neu gegründeten Stadt Dawson City 500 Fuß eines "Goldfeldes" als "Claim Nr. 54" an der linken Gabelung des Henderson Creek an, aber das vermeintliche "Gold" erwies sich als wertloses "Mica" ("Katzengold"). Weil frisches Gemüse und Kartoffeln fehlten, erkrankte Jack London vor allem wegen des Mangels an Vitamin C an Skorbut und musste am 7. Juni 1898 Abschied von Dawson nehmen. Krank und mit nur 4 ½ Dollar in den Taschen, aber inspiriert von zahlreichen Abenteuergeschichten, kehrte er nach Oakland zurück, absolvierte 1898 eine Ausbildung zum Briefträger bei der Post, wurde aber nicht in ein Arbeitsverhältnis übernommen und musste sich und seine Mutter wieder mit miesen Gelegenheitsjobs durchbringen. – Jack London war jetzt 24 Jahre alt und hatte schon mehr gesehen und erlebt als die meisten Menschen in ihrem ganzen Leben. 1899 gelangen ihm, der sich fortan als Schriftsteller bezeichnete und täglich bis zu 2.000 Wörtern schrieb, auch die ersten literarischen Veröffentlichungen in mehreren Zeitschriften, obwohl er von vielen Verlagen noch immer über 300 Absagen im Jahr erhielt.

Jack London heiratete am 7. April 1900 die Lehrerin Elizabeth ("Bessie") Maddern, mit der er zwei Töchter, Joan (* 1901) und (Little) Bess, hatte. Sie wohnten 2268 East 15th Street in Oakland. 1901 trat Jack der neu gegründeten Sozialistischen Partei bei und kandidierte erfolglos bei der Bürgermeisterwahl in Oakland (wie nochmals 1905). Er begann im Sommer 1903 eine Affäre mit der fröhlich-frechen Charmian Kittredge, ließ sich von Bess scheiden und ehelichte Charmian am 19. November 1905, die zur Vorlage vieler Frauengestalten in seinen Büchern wurde.

Der von Rudyard Kipling, Robert Louis Stevenson, John Milton, Karl Marx, Charles Darwin, Friedrich Nietzsche und Herbert Spencer beeinflusste, überzeugte Sozialist Jack London kämpfte stets auf der Seite der "Underdogs" gegen Ungerechtigkeiten und Unterdrückung. Um das Leben der Obdachlosen in England kennenzulernen, lebte er von Juli bis September des Jahres 1902 mit ihnen in den Slums des Londoner East Ends und schrieb darüber den politischen Roman "The People of the Abyss" (1903) [deutsch: "Menschen der

Tiefe", 1928]. – Später folgte der Zukunftsroman "The Iron Heel" (1907) [deutsch: "Die eiserne Ferse", 1922], die Geschichte des sozialistischen Märtyrers Ernest Everhard und zugleich die Schreckensvision eines heraufziehenden Faschismus.

Der Zeitungszar William Randolph Hearst schickte Jack London am 7. Januar 1904 als einzigen Korrespondenten vor Ort zum Russisch-Japanischen Krieg (1904-1905). Jack geriet an der Front in Korea kurzzeitig in japanische Gefangenschaft, wurde ausgewiesen und ging danach (1905) auf eine Vortragsreise durch die USA im Auftrag der "Socialist Party", deren Mitglied er von 1901 bis acht Monate vor seinem Tod 1916 war.

Nachdem Jack 1905 die "Hill Ranch" im Moon Valley bei Glen Ellen (Kalifornien) gekauft und mit Charmian dorthin umgezogen war, unternahmen die beiden eine ausgedehnte Reise. Am 23. April 1907 brachen Jack und Charmian an Bord seiner kleinen, 1906/07 selbst entworfenen und fast 30.000 Dollar (heute ca. 1,5 Mio. $) teuren Segeljacht "Snark" zu einer auf sieben Jahre geplanten Weltumsegelung auf. Auf dieser Fahrt, die sie 1909 wegen mehrerer Schäden am Boot in Sydney abbrechen mussten, kamen sie mit der hawaiianischen, polynesischen und melanesischen Kultur in Berührung. Da Jack und Charmian 1908 an Pellagra ("Mais-Aussatz") erkrankt waren, einer schweren Stoffwechselstörung aus Mangel an Vitamin B2 als Folge einseitiger Ernährung durch Cerealien (z. B. Mais), mussten sie im Juli 1909 wieder nach Oakland zurückkreisen. Das literarische Ergebnis dieser Reise durch den Südpazifik waren die "South Sea Tales" (1911) [deutsch: "Südseegeschichten"].

Zwischen 1900 und 1916 schrieb Jack London 152 Kurzgeschichten, Hunderte von Zeitungsartikeln und mehr als 50 Bücher (darunter 19 Romane), von denen einige in über 70 Sprachen übersetzt und über 50 Verfilmungen gedreht wurden (zweimal [1913] sogar mit Jack London als Schauspieler). Als weltberühmter Autor erhielt er bis zu 10.000 Briefen (!) im Jahr. Jack war ein regelrechtes "Arbeitstier", schlief nur rund fünf Stunden pro Nacht, hielt sein morgendliches

Schreibpensum von 1.000 Wörtern ein, konstruierte sein "Wolfshaus" (1910-1913) und arbeitete 1911 bis 1913 an der Gestaltung und Bewirtschaftung seiner "Beauty Ranch" in Glen Ellen (Kalifornien), die ihn fast 80.000 US-Dollar (heute: ca. 4 Millionen $) kostete. In der Nacht vom 21. zum 22. August 1913 brannte das "Wolfshaus" unmittelbar vor der Fertigstellung bis auf die Grundmauern nieder. Die Ursache des verheerenden Brandes, der Jack London stark deprimierte und – mangels einer Versicherung – finanziell fast ruinierte, war vermutlich Brandstiftung oder aber eine Spontanentzündung der in die Holzritze gesteckten Öllappen, die sich in der Sommerhitze selbst entflammten.

Vom 17. April bis Mitte Juni 1914 ging Jack im Auftrag von "Collier's Weekly" als Kriegsberichterstatter nach Mexiko, um über die Rolle des US-Militärs in der "Villa-Carranza-Revolte" zu recherchieren. – 1915 und 1916 war er zweimal für mehrere Monate mit seiner Frau Charmian auf Hawaii, um seine zunehmende Verbitterung und seine Depressionen zu bekämpfen.

Abenteuer, Überlebenskampf, extreme Höhen und Tiefen, Besessenheit und Untergang kennzeichnen Leben und Werk Jack Londons. Mit seinen Abenteuerromanen, Reiseerzählungen und Tiergeschichten wurde er zum meistübersetzten amerikanischen Erzähler. In seiner ersten Kurzgeschichtensammlung "The Son of the Wolf" (1900) [deutsch: "Der Sohn des Wolfs", 1927], seinem Roman "Burning Daylight" (1910) [deutsch: "Lockruf des Goldes", 1926] und seinen Erzählungen "South Sea Tales" (1911) [deutsch: "Südseegeschichten"] verarbeitete er eigene Reiseerlebnisse.

Die von Darwin und Nietzsche geprägten Führergestalten und "Übermenschen" bei Jack London folgen ihren Instinkten und den Naturgesetzen gemäß dem sozialdarwinistischen Recht des Stärkeren ("survival of the fittest"), wie zum Beispiel in den bekannten und verfilmten Romanen "The Call of the Wild" (1903) [deutsch: "Wenn die Natur ruft" {"Der Ruf der Wildnis"}, 1907] und "The Sea Wolf" (1904) [deutsch: "Der Seewolf", 1926], ein Roman über den

Konflikt zwischen einem zynisch-brutalen Kapitän und einem Schiffbrüchigen, in dem Jack seine eigenen Erfahrungen als Robbenfänger verarbeiten konnte. Auch sein Roman "White Fang" (1906) [deutsch: "Wolfsblut"] hat den Rückfall des Menschen aus der Zivilisation in die Barbarei sowie den Überlebenskampf des auf sich gestellten Einzelnen inmitten der Wildnis zum Thema. – Anders jedoch in dem zweiteiligen Roman "Smoke Bellew" (1912) [deutsch: "Alaska-Kid" und "Kid & Co."]: Dort lassen sich die beiden Hauptfiguren nicht vom allgemeinen Goldfieber in Alaska packen, sondern sie helfen einem alten Goldgräber, nach jahrelanger erfolgloser Suche einen guten Claim abzustecken. Darin kommt Londons Sozialismus gepaart mit dem Sozialdarwinismus des Nordens zum Ausdruck.

Die Ärzte rieten Jack London immer wieder, weniger zu arbeiten, den Alkohol zu meiden, dem er seit 1910 immer stärker zusprach (vgl. "John Barleycorn" [1912/13] {deutsch: "König Alkohol"}), und eine Diät zu halten. Er hielt sich keineswegs daran, klagte am 22. November 1916 nach dem Abendessen über starke Verdauungsbeschwerden und starb kurz darauf im Alter von nur 40 Jahren auf seiner "Beauty Ranch", einem feudalen Landsitz in dem kleinen Ort Glen Ellen im kalifornischen Sonoma County. (Heute befindet sich hier der "Jack London State Historic Park" mit einem sehenswerten Museum.)

Auf Jack Londons ehemaliger Ranch in Glen Ellen, wo man auch die Ruinen des abgebrannten "Wolfshauses" sehen kann, befindet sich auch das angebliche "Grab" des Abenteurers, der hier aber nicht bestattet wurde, weil er sich hat verbrennen und seine Asche verstreuen lassen. Im dortigen Museum findet sich auch die zunächst von drei, dann von vier Ärzten unterzeichnete Sterbeurkunde ("Physicians Bulletin after Death"), in der festgestellt wurde, dass Jack London nach dem Dinner am 21. November 1916 über akutes Unwohlsein klagte, trotz der am folgenden Abend ab 18:30 Uhr anwesenden Ärzte schnell das Bewusstsein verlor und schließlich am 22. November 1916 um 19:45 Uhr verstarb.

In fast allen Biografien wird ungeprüft behauptet, Jack London habe sich selbst das Leben genommen. Er litt die letzten sechs Jahre vor seinem Tod an Niereninsuffizienz, wahrscheinlich hervorgerufen durch Pellagra, eine Mangelkrankheit, die sich auch seine Ehefrau Charmian in der Südsee 1909 zugezogen hatte. Als Todesursache nennt das ärztliche Gutachten eine gastrointestinale Urämie (Harnvergiftung) ["gastro-intestinal type of uraemia"] als Folge falscher Ernährung ("error in diet"), die das Nierenversagen hervorrief ("causing a faulty elimination of the kidneys").

Auf dem Fußboden neben seinem Bett fanden sich zwei leere Phiolen mit den Aufschriften "Morphiumsulfat" und "Atropinsulfat", aber <u>keine</u> Spritze! Wahrscheinlich haben die Ärzte diese Medikamente gegen die starken Schmerzen verabreicht. Möglicherweise hat aber ein Reporter die Ampullen gesehen und daraus die reißerische Story vom "Selbstmord" des draufgängerischen Helden Jack London fabriziert, die seither ein "Biograf" vom anderen ohne Überprüfung abgeschrieben hat.

Jack London hinterließ zahlreiche Romane, Dramen, Erzählungen, Kurzgeschichten sowie autobiografische Schriften und soziologisch-philosophische Texte. Als meistgelesener Autor seiner Zeit war er trotz der zum Teil enormen Verkaufszahlen seiner Bücher fast ständig verschuldet, da er in seiner zweiten Lebenshälfte sehr verschwenderisch lebte. Für ihn bestand der Hauptunterschied zwischen Mensch und Tier darin, dass das Tier bloß existieren, der Mensch aber leben möchte. Sein Traum höchsten Glücks war die Vorstellung, in einer wild galoppierenden Herde von 40 Pferden zu leben. In seinem Roman "Der Ruf der Wildnis" (1903) erzählt er die Geschichte des Hundes "Buck", der wieder zum Wolf wird. Umgekehrt handelt "Wolfsblut" (1906) von einem Hund, der die menschliche Zivilisation und nicht die Wildnis sucht, denn der Mensch ist das "Tier, das über alle andern herrscht".

Die unglaublich rasante und widersprüchliche Lebensgeschichte Jack Londons ist weitgehend identisch mit der seines Romanhelden "Martin Eden" (1908/09), der ebenfalls von einem Leben in armen Verhältnissen zu einem anerkannten Schriftsteller aufsteigt.[2]

Dr. Bernd Weil mit einem Polarwolf (2005)

[2] Dieser biografische Aufsatz findet sich mit Fotos auch im "Explorer-Magazin": http://www.explorermagazin.de/misch/jacklond01.htm (seit 2001)

JON KRAKAUER UND DER MYTHOS DER WILDNIS

Jon Krakauer wurde 1954 in den Vereinigten Staaten geboren und lebt heute mit seiner Frau Linda in Seattle im Bundesstaat Washington. Er arbeitet als Wissenschaftsjournalist für verschiedene amerikanische Zeitschriften, vor allem für das Magazin "Outside". Krakauer erhielt mehrere Preise für seine spektakulären Reportagen. Sein Bestseller "In eisige Höhen" beschreibt eine dramatische Expedition zum Mount Everest aus dem Jahr 1996, die in einer Katastrophe endete. Durch dieses Buch wurde er bekannt.

Jon Krakauers dokumentarischer Tatsachenroman "In die Wildnis – Allein nach Alaska", den er 1995 schrieb und seiner Frau Linda widmete, gehört zu den spannendsten, die ich in den letzten Jahren gelesen habe (veröffentlicht im Januar 1996). Am Schreibstil erkennt man den Journalisten, der vom Chefredakteur der Zeitschrift "Outside" nach Alaska geschickt wurde, um den rätselhaften Tod eines jungen Mannes anhand von Tagebucheintragungen, Notizzetteln, Inschriften, Postkarten und Interviews zu ergründen, der von sechs Elchjägern in der Wildnis Alaskas verhungert gefunden wurde. Aus Krakauers umfangreichem Artikel "Death of an Innocent" im "Outside Magazine" (Januar 1993) entstand später sein lesenswertes Buch "In die Wildnis" ("Into the Wild").

Christopher Johnson McCandless, dessen abenteuerliche Reise Jon Krakauer minutiös nachzeichnete, wurde am 12. Februar 1968 im kalifornischen El Segundo geboren und wuchs in der oberen Mittelschicht von Annandale im US-Bundesstaat Virginia auf. Sein Vater Walt war Radartechniker und ein bedeutender Ingenieur in der amerikanischen Raumfahrtindustrie. Sowohl in der Schule wie auch im Sport zählte Chris zu den Besten seines Jahrgangs. Am 12. Mai 1990 schloss er sein Studium der Geschichte und Anthropologie an der "Emory University" von Atlanta (Georgia) mit hervorragenden Zensuren und einem Bachelor-Diplom mit Auszeichnung ab. Die letzten zwei Jahre seines Studiums finanzierte Christopher durch eine Erbschaft, die er von einem Freund der Familie erhalten hatte; von den ursprünglich 40.000,- Dollar waren jetzt noch 24.000,- Dollar übrig. Vater Walt, Mutter Billie und die Geschwister Sam und Carine gingen eigentlich davon aus, dass Chris nun Jura studieren würde.

Aber Chris verschwand Mitte 1990 einfach, nannte sich jetzt "Alex" (alias "Alexander Supertramp") aus South Dakota, spendete 20.000,- Dollar an "OXFAM America", eine Hilfsorganisation gegen den Welthunger, ließ sein Auto und den größten Teil seines persönlichen Besitzes zurück und verbrannte später in Fairbanks sogar noch sein letztes Reisegeld. Er sehnte sich nach Einsamkeit, Gefahren und Wildnis und brach jeden Kontakt zu seiner Familie radikal ab, die sich sein Verhalten nicht im Geringsten erklären konnte und zunächst teilweise wütend reagierte.

Nach vielen Tausend Meilen als Tramp quer durch die USA und Kanada (1990 bis 1992) kam er schließlich am 25. April 1992 nach Fairbanks in Alaska. In seiner letzten Postkarte vom 27. April 1992 aus Fairbanks schrieb der "Ausreißer" an seinen besten Freund Wayne Westerberg in Carthage (South Dakota), den Chris erst am 15. April verlassen hatte: "Dieses Abenteuer geht vielleicht tödlich aus." (S. 13)

Am Dienstag, dem 28. April 1992, wurde der Vagabund Chris McCandless von dem Elektriker James ("Jim") Gallien fünf Meilen südlich von Fairbanks in einem Allrad-Pick-up mitgenommen und am kaum noch benutzten, unbefestigten Stampede Trail westlich des George Parks Highway und nördlich des Denali (Mount McKinley) im Denali-Nationalpark rausgelassen.

Der "Cheechako" ("Greenhorn") Chris (alias "Alex") hatte nur eine erbettelte, zerfledderte Straßenkarte von Alaska, ein leichtes 22er halb automatisches Remington-Gewehr (Marke "Nylon 66") mit Zielfernrohr (4 x 20), fünf Kilo Reis, billige Wanderstiefel sowie die

Bücher "Krieg und Frieden" von Leo Tolstoi, "Doktor Schiwago" von Boris Pasternak, Novellen von Nikolai Gogol, das Aussteigerbuch "Walden" von Henry David Thoreau und sechs weitere Paperbacks dabei, aber nicht einmal eine Axt oder einen Insektenkiller, keine Schneeschuhe und keinen Kompass. Er sagte zu Jim Gallien, der ihm noch ein Paar Gummistiefel und zwei belegte Brote aufdrängte, er wolle "ein paar Monate lang von dem, was das Land so hergibt, leben" (S. 14). Als er Jims Truck entstieg, ließ Chris die Karte, seine Uhr, seinen Kamm und sein gesamtes Geld (85 Cents) absichtlich zurück.

Vier Monate später, am Sonntag, dem 6. September 1992, wurde Chris' stark verwester Leichnam 20 bis 25 Meilen westlich von Healy in einem abgelegenen Waldlager am Stampede Trail von sechs Elchjägern gefunden. Christopher Johnson McCandless war vermutlich schon am 18. August 1992 im Alter von nur 24 Jahren verhungert, nachdem er durch einen Sturz über drei Monate an sein Lager gefesselt war und seine Vorräte (vor allem Beeren und Wild) ausgingen. Über diesen tragischen Fall berichteten die "Anchorage Daily News" (10.09.1992) und die "New York Times" (13.09.1992). – Jahre später behaupteten Chemiker, dass Chris sich durch den Verzehr von wildem Pflanzensamen vergiftet habe (vgl. "Anchorage Daily News" vom 7. April 1997) und an Lathyrismus gestorben sei.

Der "Aussteiger" fand den Hungertod in dem blau-weißen ausrangierten und rostenden Stadtbus Nr. 142 der 40er Jahre aus Fairbanks, der ihm als Unterkunft gedient hatte. – Bereits 1934/1935 ereignete sich in der Davies-Schlucht mitten in der Wüste von Utah ein ähnlicher Fall des jungen Everett Ruess (Spitzname "Kapitän Nemo" nach Jules Verne), über den Wallace Stegner in seinem Buch "Mormon Country" berichtete.

War Chris "schizophren oder ein Pilger" ("Anchorage Daily News", 17.04.1996), "ein hoffnungsloser Romantiker oder einfach nur ein Spinner" (Klappentext des Buches)? – Diese Frage muss sich der Leser selbst beantworten, was keineswegs einen Makel des Romans darstellt, denn die Antwort des Rezipienten ist abhängig von der jeweiligen Einstellung zu unserer allgegenwärtig gewordenen "Zivilisation". Fest steht, dass Christopher McCandless seine eigenen Fähigkeiten maßlos überschätzte, weil er der Faszination der gewaltigen Natur Alaskas nicht widerstehen konnte. Die Inschrift auf einem Stück Holz in dem Bus am Stampede Trail, in dem man Chris ("Alex") tot fand, lautet: "Jack London is King. Alexander Supertramp, Mai 1992." (S. 21)

Christophers Eltern, Walt und Billie, kamen mit einem Hubschrauber für einige Stunden zu dem weißen verlassenen Bus am Stampede Trail und sahen die Matratze, auf der ihr Sohn einsam starb. Mutter Billie, die den schlimmen Verlust so schnell nicht verwinden kann, tröstete sich mit den Worten: "Es ist irgendwie beruhigend, zu wissen, dass Chris hier war." (S. 301)

Werke von Jon Krakauer

- Auf den Gipfeln der Welt. Die Eiger-Nordwand und andere Träume.
- In die Wildnis. Allein nach Alaska. (Englisch: Into the Wild)
- In eisige Höhen. Das Drama am Mount Everest.
- In eisige Höhen. Das Drama am Mount Everest. (8 Hörkassetten)

Zeitungsberichte über Chris McCandless

- Anchorage Daily News (ADN) vom 10.09.1992, 19.11.1995, 17.04.1996 und 07.04.1997
- Krakauer, Jon: Death of an Innocent. How Christopher McCandless lost his Way in the Wilds. In: Outside Magazine, January 1993 (also letters in: Outside Magazine, March & April 1993)
- McNamee, Thomas: Adventures of Alexander Supertramp; in: New York Times, 03.03.1996 und 13.09.1992
- Weil, Bernd A.: Jon Krakauer und der Mythos der Wildnis; in: Explorer-Magazin: http://www.explorermagazin.de/misch/krakauer01.htm (seit 2001)

Dr. Bernd A. Weil

Dr. Bernd Weil im Yukon Territory (1999)

"Stell dir vor, es ist Krieg ..."

Gerade in den gegenwärtigen Tagen hört man von allen Seiten immer wieder das berühmte Zitat: "Stell dir vor, es ist Krieg, und keiner geht hin!" Jeder glaubt zu wissen, dass dieser pazifistisch klingende Satz von dem Dichter der "Dreigroschenoper" Bertolt Brecht (eigentlich: Eugen Berthold Friedrich Brecht) [1898–1956] stammt. – Weit gefehlt: Die Redewendung ist weder pazifistisch noch stammt sie von Brecht!

Die wenigsten wissen, dass in den Originalausgaben der Werke Bertolt Brechts dieses allseits bekannte Zitat überhaupt nicht auftaucht, sondern es wurde von der Militärzeitschrift "Schweizer Soldat" und dann in den siebziger Jahren von einem namentlich nicht bekannten Intellektuellen nochmals dem Brecht-Gedicht "Wer zu Hause bleibt, wenn der Kampf beginnt" eigenmächtig vorangestellt. Das so erfundene und hineinmontierte Zitat geht übrigens weiter und verliert dann die der verkürzten Fassung unterstellte pazifistische Intention:

> "Stell dir vor, es ist Krieg, und keiner geht hin –
> Dann kommt der Krieg zu Euch."

Die Absicht des Zitat-Erfinders wird durch das nachfolgende Brecht-Gedicht "Wer zu Hause bleibt, wenn der Kampf beginnt" allerdings unterstrichen:

> "Wer zu Hause bleibt, wenn der Kampf beginnt
> Und lässt andere kämpfen für seine Sache
> Der muss sich vorsehen: denn
> Wer den Kampf nicht geteilt hat
> Der wird teilen die Niederlage.
> Nicht einmal den Kampf vermeidet
> Wer den Kampf vermeiden will: denn
> Es wird kämpfen für die Sache des Feinds
> Wer für seine eigene Sache nicht gekämpft hat."

Brecht schrieb dieses politische Gedicht zwischen 1945 und 1948 als Teil seiner fragmentarisch gebliebenen "Koloman-Wallisch-Kantate" zur Erinnerung an die österreichischen Arbeiteraufstände im Februar 1934. Der Text ist also nicht einmal auf eine konkrete Kriegshandlung bezogen, sondern richtet sich gegen das durch einen Staatsstreich an die Macht gekommene, autoritäre Regime von Bundeskanzler Engelbert Dollfuß. Der sozialistische Bürgermeister von Bruck an der Mur, Koloman Wallisch, war ein herausragender Führer des Arbeiteraufstands in der österreichischen Provinz, der schließlich am 19. Februar 1934 durch Erschießung hingerichtet wurde. – Eine Vertonung der "Koloman-Wallisch-Kantate" durch Hanns Eisler (1898-1962) war seit Mitte Juni 1948 geplant, wurde von Eisler aber nie realisiert.

Die erste Zeile des erfundenen Zitats "Stell dir vor, es ist Krieg, und keiner geht hin" ist eine Abwandlung einer Zeile aus dem 1936 veröffentlichten Roman "The People, Yes" des amerikanischen Schriftstellers und Poeten Carl Sandburg (1878-1967). Ein kleines Mädchen äußert darin beim Vorbeiziehen einer Truppenparade die hypothetische Überlegung: "Sometime they'll give a war and nobody will come"[3] (deutsch: "Einmal werden sie einen Krieg geben, und keiner wird kommen"). "Groucho" (Julius Henry) Marx (1895-1977) von den legendären "Marx Brothers" behauptete allerdings in seiner Autobiografie "Groucho and Me", dass Carl Sandburg zahlreiche Anekdoten und Zitate gesammelt habe und diesen Ausspruch wiederum von seinem amerikanischen Schriftsteller-Kollegen Thornton Wilder (1897-1975) übernommen haben soll. – Die zweite Zeile "dann kommt der Krieg zu Euch" ist auf jeden Fall eine freie Erfindung unbekannter Herkunft.

Die amerikanischen und europäischen Friedensbewegungen der 60er bis 90er Jahre des 20. Jahrhunderts bedienten sich immer wieder dieses nun weltberühmt gewordenen ersten Zitat-Teils in

---

[3] Sandburg, Carl: The People, Yes, San Diego / New York / London 1936, chapt. 23, p. 43

immer wieder verschiedenen Abwandlungen. Die amerikanische Frauenzeitschrift "McCall's" formulierte 1966 während des Vietnamkrieges die Schlagzeile: "Suppose They Give a War, and No One Came?" – Ein politisches Poster aus dem Jahr 1969 gegen den Vietnamkrieg zeigte weiße Tauben, die inmitten einer sonnigen Blumenwiese auf Waffen sitzen; es trug die Aufschrift: "What if they gave a war and nobody came ..."

Literaturangaben

- Börnecke, Stephan / Grabenströer, Michael: Eine Sprechblase für Brecht und ein Aha-Erlebnis. Wie man mit einem angeblichen Brecht-Zitat des Dichters gegen die Friedensbewegung antritt. In: Frankfurter Rundschau, 05.08.1985
- Brecht, Bertolt: Gesammelte Werke, Supplementband IV, Frankfurt am Main 1982, S. 385-395
- Bülow, Ralf: Das kleine Mädchen und der Krieg; in: Süddeutsche Zeitung (München), 28./29.07.1984
- Die Gedichte von Bertolt Brecht in einem Band, Frankfurt am Main 1981, S. 503
- Görtz, Franz Josef: Eigentore. Vom Umgang mit Brecht. In: Frankfurter Allgemeine Zeitung (F. A. Z.), 16.06.1983
- Knopf, Jan (Hrsg.): Brecht-Handbuch, Bd. 2: Gedichte, Stuttgart / Weimar 2001, S. 273-274
- Marx, Groucho: Groucho and Me, New York 1959
- McCall's, No. 10, 1966
- Missbrauchter Brecht; in: F. A. Z., Nr. 239, 15.10.2001, S. 2
- P.-M.-Magazin, H. 11/99: Fragen & Antworten
- Sandburg, Carl: The People, Yes, San Diego / New York / London 1936, chapt. 23, p. 43
- Unseld, Siegfried: "Stell Dir vor, es gibt Krieg"; in: F. A. Z., 12.03.1991 (Leserbrief)

Konrad Kellen (1913-2007)

Eigentlich hieß er Konrad Katzenellenbogen, wurde am 14. Dezember 1913 in Berlin geboren und wuchs dort in einer Industriellenfamilie auf. Während seines Jura-Studiums in München 1932 bekam er die bedrohliche Nazi-Hetze und den fanatisch-patriotischen Hass der Ultra-Rechten zu spüren. Nach Hitlers Regierungsübernahme musste er im März 1933 das ihm unerträglich gewordene Deutschland verlassen.

Mit Gelegenheitsarbeiten schlug er sich in Frankreich, den Niederlanden und Jugoslawien durch. 1935 gelangte er nach New York, später nach Los Angeles, wurde schließlich – unter dem Namen Konrad Kellen – amerikanischer Staatsbürger.

Von 1941 bis 1943 war er Thomas Manns Privatsekretär in Pacific Palisades (Kalifornien). „Konny", wie der „Zauberer" ihn nannte, tippte in dieser Zeit unter anderem Thomas Manns Manuskript „Joseph, der Ernährer" in die Schreibmaschine. Kellen nahm als amerikanischer Offizier der „Psychologischen Kriegsführung" am Zweiten Weltkrieg teil und kämpfte in Frankreich, Luxemburg und Deutschland. Er wurde unter anderem mit dem Orden der „Legion of Merit" ausgezeichnet und wirkte anschließend als Besatzungsoffizier in Deutschland bei der „Entnazifizierung" mit.

Nach der Rückkehr in die USA war Kellen 23 Jahre lang als Politikwissenschaftler Mitglied der „Rand Corporation" in Santa Monica, der berühmten amerikanischen „Denkfabrik". Er verfasste zahlreiche historische und politische Werke und beendete trotz labiler Gesundheit kurz vor seinem Tod seine zweibändige Autobiografie „Katzenellenbogen" und „Der Sekretär".

Am 8. April ist Konrad Kellen im Alter von 93 Jahren im Kreis seiner Familie in seinem Haus in Pacific Palisades gestorben. Sein Lebensmotto lautete bis zuletzt: „Don't get excited!" („Rege dich nicht auf!").

Bernd A. Weil

Dr. Bernd A. Weil: Die Welt vom 13. April 2007, S. 28

http://www.welt.de/welt_print/article807056/Konrad_Kellen_1913-2007.html

Stammbaum der Familie WEIL

1. Johann **Adam** * Oberbrechen um 1690
 † Eisenbach (?)

2. Johannes * Oberbrechen 04.04.1715
 † Eisenbach 08.02.1793

3. Johannes * Eisenbach 26.09.1737
 † Eisenbach 29.08.1813

4. Jakob * Eisenbach 17.11.1765
 † Eisenbach 13.12.1824

5. Jakob * Eisenbach 09.11.1799
 † Eisenbach 30.11.1850

6. Jeremias * Eisenbach 30.10.1830
 † Eisenbach 19.05.1906

7. Wilhelm * Eisenbach 12.07.1876
 † Frankfurt/Main 27.11.1938

8. Alfons Wilhelm * Eisenbach 14.01.1917
 † Limburg/Lahn 01.02.1996

9. Bernhard Albert * Eisenbach 28.11.1953

Buchveröffentlichungen von Dr. Bernd A. Weil

1. FABELN: VERSTEHEN UND GESTALTEN. Eine Unterrichtseinheit für die achte Jahrgangsstufe. Frankfurt am Main 1982; ISBN: 3-88323-379-X

2. KLAUS MANN: LEBEN UND LITERARISCHES WERK IM EXIL, Frankfurt am Main 1983; ISBN: 3-88323-474-5

3. HEIMATBUCH: 750 JAHRE EISENBACH, GEMEINDE SELTERS (TAUNUS) [1234 bis 1984], Meinerzhagen 1984; ISBN: 3-88913-074-7

4. FASCHISMUSTHEORIEN. Eine vergleichende Übersicht mit Bibliographie. Frankfurt am Main 1984; ISBN: 3-88323-528-8

5. GENERAL DR. VON STAAT. Zum Verhältnis von Militär und Politik zwischen 1919 und 1945. Frankfurt am Main 1985; ISBN: 3-88323-536-9

6. DAS FALKENLIED DES KÜRENBERGERS. Interpretationsmethoden am Beispiel eines mittelhochdeutschen Textes. Frankfurt am Main 1985; ISBN: 3-88323-565-2

7. DIE REZEPTION DES MINNESANGS IN DEUTSCHLAND SEIT DEM 15. JAHRHUNDERT, Frankfurt am Main 1991; ISBN: 3-89406-181-2

8. NONSENS UND VERMISCHTES. Gedichte. In: Frieling, Wilhelm Ruprecht (Hrsg.): Anthologie Buchwelt '92, Berlin 1991; ISBN: 3-89009-270-5

9. DER DEUTSCHE MINNESANG. Entstehung und Begriffsdeutung. Frankfurt am Main 1993; ISBN: 3-89406-783-7

10. DIE SCHWARZSEHER. Satire. In: Frieling, Wilhelm Ruprecht (Hrsg.): Anthologie Buchwelt '94, Berlin 1993; ISBN: 3-89009-547-X

11. SCHACH DEM TEUFEL. Erzählung in Anlehnung an die "Schachnovelle" von Stefan Zweig. Frankfurt am Main 1995; ISBN: 3-89501-221-1

12. DIE SCHWARZSEHER. Satire. In: Leidinger, Bernd (Hrsg.): Abschied & Neubeginn. Anthologie. Tholey-Hasborn 2007; ISBN: 3-93655-431-5

13. DIE WAHRHEIT ÜBER PEARL HARBOR. Wissenschaftlicher Aufsatz. München 2007; ISBN: 3-63894-383-6 (oder: 978-3-63894-383-3) [seit 2008 auch als E-Book: ISBN: 978-3-638-04921-4]

14. SCHACH DEM TEUFEL. Erzählung in Anlehnung an die "Schachnovelle" von Stefan Zweig. Norderstedt 2008 (erweiterte Neubearbeitung); ISBN: 3-83702-627-2 (seit Juli 2011 auch als E-Book: ISBN: 978-3-84239-347-9)

15. UNVERGESSENE NACHBARN. Das Schicksal der Eisenbacher jüdischen Familien. Norderstedt 2013; ISBN: 978-3-73224-610-6 (als E-Book: ISBN: 978-3-84826-733-0)

16. SELTERSWASSER IN DER LITERATUR. Ein Kompendium. Norderstedt 2014; ISBN: 978-3-7357-7511-5 (als E-Book: ISBN: 978-3-7357-3055-8)

17. VERFOLGT – DEPORTIERT – ÜBERLEBT. Unvergessene Nachbarn (Band 2). Norderstedt 2015; ISBN: 978-3-7386-3569-0 (als E-Book: ISBN: 978-3-7392-7644-1)

18. KLAUS MANN. LEBEN UND WERK DES SCHRIFTSTELLERS. Essay. München 2015; ISBN: 978-3-668-14171-1 (als E-Book: ISBN: 978-3-668-14170-4)

Musik-CDs

- ➤ Daydreamers: Memories (mit Jutta Reichwein-Weil)
- ➤ Daydreamers: Der Liebe auf der Spur (ebenfalls mit Jutta)

Herausgeber

KELLEN, KONRAD: REFLECTIONS ON GLUTTONY. Understanding it and Dissolving it. Edited by Dr. Bernd A. Weil; Norderstedt 2001; ISBN: 3-83111-893-0 (oder: 978-3-83111-893-9)

© BW – www.bweil.de

Über dieses Buch

Seit mehr als vierzig Jahren schreibt der Autor Dr. Bernd A. Weil Kolumnen, Rezensionen, Essays, wissenschaftliche Abhandlungen, Unterrichtseinheiten, Dokumentationen und Biografien sowie erzählerische und poetische Texte. Die zwanzigste Buchveröffentlichung des promovierten Germanisten, Historikers und Politikwissenschaftlers stellt erneut einen Querschnitt seines geistigen Schaffens dar. So entstand ein spannendes Kaleidoskop an literarischen Texten, die an Grimmelshausen, Wilhelm Busch, Schobert & Black und andere Schriftsteller oder Liedermacher erinnern: Novelle, Satire, Gedichte, Kurzgeschichte, Essays, Biografie und Kolumnen.

Über den Autor

 Dr. phil. Bernd A. Weil, Jahrgang 1953, verheiratet, studierte Germanistik, Politikwissenschaft, Geschichte, Pädagogik und Psychologie in Frankfurt am Main. Er ist Oberstudienrat i. R., Diplompsychologe, Sozialpädagoge, Autor und Verleger, war Rezensent der Bundeszentrale für politische Bildung in Bonn und der Gesellschaft für deutsche Sprache in Wiesbaden sowie Gutachter beim Hessischen Kultusministerium und bei verschiedenen Instituten. Neben zahlreichen Buchveröffentlichungen schrieb er Beiträge für Bibliografien, Lexika, Fachzeitschriften, Zeitungen, Internet und Rundfunk.

Websites: www.bweil.de und: www.buddhaonline.de

Literatur zur Person

Wer ist wer? Das deutsche Who's Who. Bd. 26ff. (1987/88ff.)
Who is Who in der Bundesrepublik Deutschland, Bd. 1 (1988/89)
Who's Who in West-Deutschland (1989)
Who's Who in Germany 6/1991
Who's Who in German (1999/2000)
Kürschners Deutscher Sachbuch-Kalender (2001/02)
Diverse Einträge in der Brockhaus-Enzyklopädie, bei Wikipedia und
in Kindlers Literaturlexikon (KLL)

Duo Daydreamers: Jutta & Bernd Weil